괜찮다고 말하지만, 괜찮지 않은 너에게

아임 낫 파인

글 이가희
그림 제니곽

팩토리나인

프롤로그

"나, 이대로 괜찮은 걸까?"

사업이 망하면 빨간딱지가 붙는 줄 알았다. 오히려 아무 일도 일어나지 않은 채 시간만 계속 흘렀고 나는 지쳐갔다. 형용할 수 없는 무력감이 덮쳤다. 하루 4~5시간 자는 거 빼고는 종일 일만 하던 때였다. 사무실 근처 작은 원룸을 구해 살고 있었는데 침대를 벗어나면 열 발자국도 움직일 공간이 없던 그 방 한 칸이 블랙홀 같이 느껴졌다. 자정이 넘어 퇴근하고 겨우 몸을 누이면 끝없는 자책감과 무력감, 두려움이 나를 빨아들였다. 마치 알 수 없는 검은 형체와 침대에 나란히 누워 있는 것만 같았다. 그 무서운 기분을 떨쳐내려 공원을 서성이던 많은 밤. 차마 누르지 못한 친구의 전화번호. 맥락 없이 붉어지던 눈시울. 그런 날들이 계속됐다.

'나, 왜 이러지?'

상담을 받아볼까, 병원에 가볼까 생각해봤지만 '차마' 걸음으로 옮기지는 못했다. 내가 지금 힘든 원인은 내가 제일 잘 알고 있다고 생각했다.

'내가 못나고 부족해서, 그래서 성과가 나지 않는 것이고 그게 나 스스로를 실망시킨 거야. 다시 기운 차리고 일에 매진하면 결과가 좋아질 거고, 그러면 모든 게 좋아질 거야. 방법은 그것뿐이야.'

그래서 더 열심히 하려고 기를 썼다. 웃긴 건, 밤에는 블랙홀로 빨려 들어가는 것처럼 한없이 괴롭다가도 아침이 되면 언제 그랬냐는 듯 멀쩡한 상태가 되어 출근할 수 있었다. 내가 책임져야 할 팀원들의 얼굴을 보면 다시 힘이 났다. 아니, 힘을 낼 수밖에 없었다.

"그래, 오늘 하루도 잘해보자."

그렇게 하루하루 꾸역꾸역 버티듯 지냈던 시간들. 찾아오는 밤마다, 침대에 누워 천장 벽지무늬를 눈으로 따라 그리며 '내가 우울증일까?' 수도 없이 스스로 물었다. 그리고 수백, 수천 번 부정했다.

'이 정도는 남들도 다 힘들어. 이 정도로 우울증이 걸리진 않겠지. 난 그냥 힘든 구간을 지나고 있는 것뿐이야.'

얼떨결에 시작한 '책읽찌라' 채널은 뜻밖의 결과를 가져왔다. 원래 운영하던 애플리케이션을 홍보하기 위해 매일 밤 페이스북으로 책을 읽어주는 라이브 방송을 하게 된 것이 시작이었다. 내 얼굴을 걸고 콘텐츠를 만든다는 건 생각지도 못한 일이었지만, 예상 밖의 좋은 반응에 앞으로 나아갔다. 여전히 불안정하고 한치 앞도 볼 수 없는 나날이었지만, 4년간 맛보지 못한 성과가 눈에 보이게 되니 땅이 푹푹 꺼지는 것 같았던 우울감은 조용히 사라졌다.

'책읽찌라' 채널을 통해 2년 동안 꾸준히 좋은 책을 소개하고 영상을 발행했다. 수만 명의 구독자들과 소통하며 점차 생각의 확장이 일었다.

'한 권의 책을 영상 1회만으로 소개하는 것은 한계가 있다.'

좀 더 시간을 두고 하나의 주제에 다각도로 접근해보고 싶었다. 그래서 새로운 채널 '해시온hash-on'을 오픈했다. 해시태그(#)에서 따온 이름이다. 2년 동안 400편 이상의 영상을 제작하면서, 데이터로 읽을 수 있는 트렌드와 키워드를 보유하게 된 우리는 해시온을 통해 이 키워드들을 심도 깊게 다루기로 했다. 쉽게 말해 하나의 키워드를 중심으로 기획의 방향과 흐름이 설계된 프로젝트였다.

그렇게 하여 탄생한 해시온의 첫 번째 프로젝트명은 '아임낫 파인I'm not fine'. 키워드는 '#우울'이었다. 그동안 우울, 불안, 인간관계, 심리에 대한 책 소개 영상은 늘 많은 구독자들의 관심과 애정을 받았다. 다른 콘텐츠에 비해 댓글과 메시지가 많았고, 힘들고 고통스러운 시간에 대한 답을 영상을 통해 구해보려는 이들이 상당히 많았다. 그리고 그것은 지난날의 내 모습과 크게 다르지 않았다.

해시온 프로젝트팀은 첫 번째 키워드 '우울'로 20여 편의 영상을 기획했다. 이는 철저히 내가 가졌던 우울증에 대한 궁금증과 의문 그리고 편견에 대한 질문들로부터 출발했고, 그 물음표에 대한 답을 구하는 것으로 진행해나갔다. 놀라운 것은 이 프로젝트 기획에 대해 주변 사람들에게 이야기했을 때, 하나같이 반가운 기색으로 자신의 경험을 하나둘 고백했다는 점이다. 이미 상담센터나 병원을 다녀왔던 사람들도 있었고, 최근까지 공황장애나 심한 우울감으로 고통스러운 시간을 보낸 사람들도 많았다.

더 놀랐던 건, 그런 고백을 하는 분들의 대부분은 마음에 그늘이라고는 없을 것 같고, 에너지 넘치게 생활하는 분들이었다는 점이다. 그분들의 용기 있는 고백을 들을 때면, 내심 놀라면서도 담담하게 들으려 노력했다. 나 역시 주변 사람들에게 '밝은 사람' '에너지 넘치는 사람'이라는 이미지로 보이는 것을 알고 있었고, 은연중에 그걸 깨고 싶지 않았는지도 모른다. 그런 마음이 사람들에게 털어놓을 수 없게 만든 건 아닐까. 긍정적인 이미지를 깨고 싶지 않다는 생각이 강했던 걸 테다.

그런 내가 먼저 '우울'이라는 소재를 꺼내게 되었고 그것만으로 자연스럽게 전에 없던 얘기들을 나눌 수 있었다. 사실은 나도 그랬다고, 힘든 시간을 혼자 견뎌야 했다고 담담하게 함께 이야기하는 것만으로 커다란 위안을 받았다.

어쩌면 이 프로젝트는 내가 나 스스로를 치유하는 과정이었을지도 모른다.

최근 우울증 수기가 큰 사랑을 받고 있다. 이로 인해, 우울증이 사회적인 낙인이 아니라, 치료하고 돌봐야 하는 질병의 일종이라는 시각이 조금은 보편화된 듯 보인다. 우울증으로 고통 받던 사람들이 사회적인 시선에서 조금, 아주 조금은 더 가벼워질 수 있다는 것이 매우 다행이다.

물론 우려의 목소리도 있다. 피터 크레이머 박사의《우울증에 반대한다》에 따르면, 우울증 환자들의 회고록에서는 자부심의 흔적이 자주 드러난다. 즉, 우울증을 앓은 경험이 인생을 풍요롭게 해주었다는 의미다. 그러나 저자는 의사로서 우울증에 낭만성이 부여되는 것이 매우 당혹스럽다고 밝혔다. 정신과 의사에게 우울증은, 그저 한 사람의 삶을 파괴하는 잔인한 존재일 뿐이기 때문이다. 그래서 진료실 밖에서 우울증에 가치를 부여하는 경향을 우려한 것이다.

우리는 이런 부분에 대한 경각심을 잃지 않으려 애썼다. 동시에 우울증을 겪고 있는 분들에게 자신에게 찾아온 마음의 병을 인정하는 것이 괜찮다고, 우울증은 그저 감기처럼 치료하면 낫는 질병에 불과하다고, 전문가와 주변 사람들에게 도움을 구하자고 말하고 싶었다. 그리고 이러한 취지의 프로젝트 '아임 낫 파인'을 한 사람이라도 더 많은 분들에게 전달하고자 한 권의 책으로 엮게 되었다.

괜찮지 않은 날에는 "나 안 괜찮아."라고 말할 수 있기를. '괜찮지 않아도 괜찮다.'는 것을 진심으로 말하고 싶었다. 어쩌면 이건 어느 밤, 검은 방 안에서 혼자 울던 지난날의 나에게 가장 해주고 싶었던 말이 아니었을까.

2018년 가을,

이가희

차례

1

혼자 있고 싶지만 — 혼자이고 싶지 않은 사람들

"가만히 아무것도 안 하는 상태로 있고 싶어요. 시간이 멈춰버렸으면 좋겠고, 좋은 일도 나쁜 일도 일어나지 않았으면 좋겠다는 생각만 계속 들어요. 먼지처럼 파스스 사라지고 싶어요."

한번 보자보자 성화였던 동기들과의 모임이 다가왔다. 어디서 보자, 몇 시에 보자 하며 약속을 잡을 땐 얼른 만나 수다 떨고 싶었는데, 막상 약속 날이 되니 아침부터 영 움직이기 싫다. 만나기 싫은 건 아닌데 뭐랄까. '요즘 어떤지' 근황을 늘어놓거나 그게 아니면 너도나도 신세 한탄 릴레이할 게 빤한데 생각하는 것만으로도 벌써 피곤하다.

'갑자기 야근이 생겼다고 할까? 속이 안 좋다고 할까?'

이렇게 저렇게 고민하다가 결국 약속 시간을 넘겨 느지막이 참석했다. 올까 말까 고민했던 나는 어디 가고, 막상 또 사람들을 만나니 오랜만이라고 반갑다며 웃고 떠들고, 뭐하고 사는지 랩 배틀하듯 뱉어내며 맥주잔을 들었다.

"자주 보자, 연락할게!"

인사하고 뒤돌아 집으로 가는 길이 어쩐지 허전하다.

'아, 진 빠져.'

맥주랑 안주를 정신없이 먹었는데 이상하게 허기가 진다. 집에 가서 혼자 맥주 한 캔 더 하고 자야 할까? 싶다가 이내 귀찮은 기분이 들어서 편의점을 그대로 지나쳐 집에 도착했다. 씻지도 않고 그대로 바닥에 널브러져 습관처럼 인스타그램을 뒤적인다. 그새 방금 끝난 모임의 단체사진이 타임라인에 올라오고 있다. 사진에 태그된 친구들의 계정을 하나씩 눌러본다. 어째 다들 참 잘 살고 있다. 아무래도 기분이 더 우울해지는 것 같다.

'난 왜 이러고 있지…. 나만 못 지내는 걸까?'

언제부터 우울한 사람이 이렇게 많아진 걸까

한 매체의 설문에 따르면 직장인의 83.5퍼센트가 우울함을 느끼고 있다고 한다. 우리나라 30대는 개인, 사회, 국가, 심지어는 세계에 대한 희망 수치가 너무 낮아 집단우울증이 의심되기도 한단다. '나만' 못 지내는 것 같은 나날을 '거의 대부분'의 사람들이 겪고 있다니 참 아이러니하다. 우울한 사람이 많다는 우울한 기사인데, 어쩐지 우울이 나만의 것이 아니라 사회적 현상이라는 것에 슬쩍 안도감이 들기도 한다.

세상엔 언제부터 우울한 사람이 이렇게 많아진 걸까. 현대인은 '인류의 선배'들에 비해 우울이라는 감정을 더 잘 느끼게 된 걸까? 아니면 원래 인간 자체가 우울한 존재인데, 현대에 와서 그 감정이 발견되고 부각된 것일까?

우리는 학창시절부터 대학입시, 취업 이후 사회생활에 이르기까지 항상 좁은 문을 통과하느라 경쟁해야 했고, 미래에 대한 불확실성과 싸우면서 지금껏 불안을 달고 살아왔다. 그러고 보면 희망차 있기에는 참 팍팍한 인프라였다. 동시에 급속하게 늘어나는 1인 가구, 혼자 문화 등 개인화되어가는 사회구조 역시 우울을 생산하는 주원인이었을 수도 있다.

머리로는 이해가 간다. 우울이 생산되고 만연해지는 데에는 사회적, 구조적인 수십 가지 이유가 존재한다. 내 잘못이 아니라 사회 탓이기도 하다. 그렇다고 해서 이런 것들이 내 우울의 당위를 설명해주지는 못한다. 왜냐하면, 딱히 논리적으로 설명할 수 없는 부분이 있다. 어디서부터인지 알 수 없는 '우울'과 그 감정의 지속적인 확장은 논리적인 인과관계 안에서 생성된 것만은 아니기 때문이다.

우주의 먼지가 된 것 같은 기분을 느낄 때

거의 대부분의 사람들이 느끼고 있다는 이 '우울'이라는 감정에 좀 더 가까이 다가가 봐야겠다고 생각했다. '거의 대부분'이라는 거대한 익명성 안에 존재하고 있는 사람들 하나하나의 실제 목소리를 들어보기로 한 것이다.

“

‘아, 진 빠져.’

신나게 먹고 떠들었는데 집에 가는 길에는 이상하게 헛헛하다. 맥주 한 캔 더 하고 잘까? 살짝 고민하다가 이내 귀찮은 기분이 들었다. 편의점을 그대로 지나쳐 집에 도착했다. 씻지도 않고 그대로 바닥에 널브러져 습관처럼 인스타그램을 뒤적인다. 방금 끝난 모임의 단체사진이 그새 타임라인에 올라오고 있다. 사진에 태그된 친구들의 계정을 하나씩 눌러본다. 어째 다들 참 잘살고 있다.

‘난 왜 이러고 있지…. 나만 못 지내는 걸까?’

”

5,000명 정도의 친구가 연결되어 있는 페이스북 타임라인에 우울에 대해 이야기해보자고 제안했다. 24시간 만에 100여 건에 달하는 답글이 달렸다.

사람들은 어떨 때 자신이 우울하다고 혹은 우울증이라고 느낄까? 우울에 빠졌을 때 어떤 기분, 느낌이 드는 걸까?

— 무력감, 상실감, 그리고 무시당하고 있다는 느낌이 들어요. 무리에 끼지 못한다는 느낌이 드는 동시에, 혼자 있고 싶고 고립되고 싶은 기분이 들었어요.

— 우주의 먼지가 된 것 같은 기분이에요. 본능과 욕구가 사라지고 무기력해지면서 무얼 해야 할지 모르는 상태가 계속돼요. 내일은 나아지겠지, 곧 괜찮아지겠지 스스로 되뇌면서도 기분은 더 동굴 속으로 들어가요.

— 가만히, 아무것도 안 하고 있고 싶어요. 시간이 멈춰버렸으면 좋겠고, 좋은 일도 나쁜 일도 일어나지 않았으면 좋겠다는 생각이 끊임없이 들어요. 먼지처럼 파스스 사라지고 싶어요.

— 나만 힘든 게 아니라는 사실이 나를 더 우울하게 만들었어요. 나의 고충이 나에겐 너무 아픈 일이지만 누구한테는 아무것도 아니기도 하고. 다른 사람도 저마다의 아픔들이 당연히 있을 테니 내 아픔은 숨기고 싶어요. 그렇게 자꾸 혼자가 혼자를 만들고 외로워져요.

— 전체적인 기운이 떨어져요. 그렇다고 막 슬픈 건 아닌데, 막 기

뻐지도 않아요. 예전에 즐겁던 모든 게 그대론데 나만 바뀌어 있어요. 더는 예전과 같은 기분을 느낄 수 없을 것이라는 생각이 들어요.

— 우울함을 느끼는 때가 특별히 따로 있는 게 아니에요. 아닌 척하고 살지만 늘 느끼고 있어요.

— 단순히 잠깐 우울하고 마는 게 아니라, 극단적인 감정이 표출될 때요. 예를 들면, 출근하기 전에 침대에 누워 울다가 나가는 날이 매일 계속되고, 펑펑 울고 나서 공허한 마음이 주체가 안 돼요. 무엇보다 내가 왜 우는지를 모르겠으니 어떻게 할 수가 없어요.

— 약속을 어기는 일이 반복돼요. 사람들과 만나기로 해놓고, 막상 만나러 가려고 하면 가기 싫고 이유도 설명하기 힘들어서 핸드폰을 끄고 잠수를 타요. 감정 조절이 안 되는 거죠. 특히 분노 조절이 어렵고….

— 우울한 감정이 지속되면 몸이 아프더라고요. 마음에 따라 몸이 약해지니까…. 어느 순간 아파서 우울한 것인지 우울해서 아픈 것인지 모호해졌어요. 신체적인 증상으로 나타날 정도의 우울이면 병이 아닐까 싶어 병원에 가야 하나 싶기도 하고.

— 생각이 늘 자연스럽게 부정적인 방향, 자책하는 방향으로 흘러요. 심지어 그게 객관적이지 않다는 걸 알면서도 어쩔 수 없고, 상관없다고 생각해요. 자포자기한 기분인데, 삶은 계속 그대로 유지되고 있으니 오히려 버티기 버겁더라고요. 살아 있다는 게 화가 나기도 하고 그 안에 갇힌 것 같다는 생각이 들어요.

— 내가 해야 하는 일들과 만나야 하는 사람들을 생각하다가, 갑자

기 '그 사람들이 속으로 나를 엄청 싫어하겠지.'라는 생각이 들어요. 그때부터 숨이 막히고 숨이 잘 쉬어지지 않아요. 아무도 모르게 숨고 싶고.

— 과제나 업무 효율이 현저히 떨어지더라고요. 예를 들어 참고문헌이 필요 없는 에세이를 3페이지 쓰는 데, 평소라면 2시간도 안 걸리거든요. 그걸 8시간을 울면서 쓰고 겨우 2페이지를 넘겨서 제출했을 때 '아 이건 지금 정상이 아니구나. 병이구나.'라고 느꼈어요.

— 막연히 '죽고 싶다.'가 아니라 '어떻게 죽을지' 죽을 방법을 구체적으로 생각하고 그걸 머릿속으로 시뮬레이션해보고 있을 때, 우울증 같다고 느꼈어요.

많은 사람들이 각자의 이야기를 하고 있는데, 놀랍게도 마치 한 사람이 쓴 것처럼 단어와 표현이 중복된다. 특히 '사라지고 싶다.' '죽고 싶다.'가 가장 많고, '무기력' '허탈함' '공허함'이라는 표현이 그다음으로 많다. '쓸모없는 사람'이라는 말도 눈에 띄게 반복된다.

'우울하긴 한데 이게 우울증인지는 잘 모르겠다.'는 이야기도 꽤 많다. 스스로의 괴로움마저 확신을 갖지 못하고, 그로 인해 2차적 혼란을 겪고 있는 것이 고스란히 느껴진다. 세상에. 내가 괴로우면 괴로운 거지, '괴로운 게 맞나?' '괴로워도 되나?'라고 한 번 더 의심해봐야 한다니.

'나만 힘든 게 아니라는 사실이 나를 우울하게 한다.'는 답변은 의외다. 나만 힘든 게 아니라는 명제가 나를 안심시키는 게 아니라, 도리어 '나 아프다고 말도 못 꺼내게 하는 셈'이다. 차마 말할 수 없어서 아닌 척, 그냥 삼키며 살고 '멀쩡한 척'할 수밖에 없었다고. 그래서 속으로 속으로, 혼자 끌어안고 밖으로 말하고 싶지 않은 것이다. 더욱 혼자 있으려 하고 그러면서도 외로워한다.

신기한 건, 자신의 우울을 감추고 있던 사람들이 익명이라는 가면을 쓰게 해주니 자신의 상태를 적극적으로 공유하고 싶어 했다는 것이다. '아임 낫 파인' 프로젝트의 시작점이라고 볼 수 있는 작은 설문 하나에 이토록 많은 사람들이 자신의 목소리를 내준 것만 봐도 알 수 있다. 또 어떤 이들은 인터뷰에 응하면서 도움을 받고 싶어 하기도 했지만, 대개 자신의 경험을 들려주고 싶어 했다. 사실 그들은 말하고 싶지 않았지만 말하고 싶었고, 혼자이고 싶지만 혼자 있고 싶지는 않았던 것이 아닐까. 늘.

2

우울한 사람에게 없는 세 가지

"밖에서 친구들이나, 여러 사람들이랑 함께 있을 때는 밝은 편이거든요. 분위기를 띄우거나 이끌기도 하고요. 그런데 혼자만 남으면 아무것도 못하고 아무것도 싫어져요. 그냥, 그냥 계속 슬픈 기분, 공허한 기분만 들어요."

우울감으로 인해 사람들이 겪는 신체 증상은 다양하다. 집중력이나 기억력이 떨어지고 체중에 변화가 생긴다. 만성피로감, 불면증, 과수면증, 두통, 소화불량, 목과 어깨 결림, 가슴 답답함과 같은 증상이 나타나기도 한다. 사람마다 다르게 나타나기도 하지만, 신체로 드러나는 증상이 아예 없는 경우도 있다. 그러다 보니 '나는 불면증도 없고 잘 먹는데…. 내가 우울증이 맞나?'라고 생각하는 사람들이 더러 있다.

우울증인지 아닌지를 살펴보려면, 먼저 신체 증상보다 내가 어떤 생각을 자동적으로, 수시로 하고 있는지를 살펴보는 것이 중요하다. 일상 속 스트레스로부터 인생에 영향을 주는 큰 사건까지, 다양한 일을 겪으면서 그에 대처하는 방식은 사람마다 모두 다르기 때문이다.

누군가는 연인과 이별 후 인생이 갈가리 찢기는 것 같은 고통을 느낄 수도 있고, 또 누군가는 그깟 이별이 뭐 대수라고 여길 수도 있다. 회사에 지각한 일 하나로도 '난 진짜 왜 이러는 걸까. 엉망진창이야.'라고 생각하는 사람이 있고, 또 누군가는 '그럴 수도 있지 뭐.'라고 생각할 수 있다.

그렇기 때문에 사건 자체보다는 그 사건이 일어났을 때, 그리고 그 이후에 '내가' 어떻게 생각하느냐가 중요하다. 이를 '자동적 사고'라고 한다. 이러한 자동적 사고의 패턴이 부정적인 방식으로 2주 이상 지속된다면, 어떤 좋은 일이나 좋은 신호가 생겨도 그 생각의 패턴에서 빠져나오기가 어렵다면, 우울증에 접어들었음을 의심해보는 것이 좋다.

우울증에 빠지면 공통적으로 세 가지를 잃는다.

첫째, 힘과 의욕이 없어진다. 둘째, 모든 것에 가치를 잃는다. 셋째, 희망이 없어진다. 자기가 아무것도 할 수 없다고 생각하거나(무기력함), 자신이 가치 없다고 생각하고(무가치함), 앞으로 더 나아질 수 없을 거라고(무망감) 생각한다.

“

사건 자체보다는 그 사건이 일어났을 때, 그리고 그 이후에 내가 어떻게 생각하느냐가 중요하다. 이를 ‘자동적 사고’라고 한다. 자동적 사고 패턴이 부정적인 방식으로 2주 이상 지속된다면, 그 패턴으로부터 빠져나오기 어렵다면, 우울증에 접어들었음을 의심해보는 것이 좋다.

”

무기력함: 아무것도 하고 싶지 않아

"무기력해요. 늘 집에 가고 싶고 어디론가 떠나고 싶고 잠 수 타고 싶고 카톡도 보고 싶지 않고…. 그냥 다 귀찮은 것 같아요. 가장 무서운 건 모든 것에 자극을 못 받고 가치도 못 느끼는 거예요. 뭘 먹고 싶거나 하고 싶은 게 없어지는 거죠."

"보통은 뭔가를 할 때, 외부에서 동기부여를 받아왔는데 이제 모든 것으로부터 아무 느낌도 못 받아요. 본능적인 욕구조차 없고요. 어디서부터 내 삶의 동력을 찾아야 하나 깜깜해요…."

"내가 이만큼 하고 싶다고 생각하면, 항상 그것의 절반의 절반도 못해요. 그러면 그걸 돈 탓으로, 사회 탓으로 돌리게 되는데 그게 지겹고 공허하게 느껴져요. 나라 욕, 시스템 욕 아무리 해봤자 현실적으로 달라지는 건 없고 나 자체도 그대로이고…. 그러니까 반복되는 것 같아요. 우울함이."

"밖에서 친구들이나 여러 사람들이랑 함께 있을 때는 밝은 편이거든요. 분위기를 내가 이끌기도 하고. 그런데 혼자만 남으면 아무것도 못하고 아무것도 하기 싫어져요. 슬픈 기분만 들고."

"밤에 혼자 있으면 무기력함이 주체할 수 없는 수준으로 몰려오는데, 살아봐야 무슨 소용 있나, 끝내도 괜찮지 않을까 싶어요. 더 무서운 건…. 이게 더 극심해졌을 땐 죽을 의지조차 사라져서 그냥 잠들었다 안 깨면 편하겠다는 생각이 들어요."

무기력한 기분은 신체적인 무기력으로 이어질 수 있다. 심한 경우 계단을 오르기도 힘들고, 방 밖으로 한 발자국도 나올 수 없다고 호소하는 사람들도 있다. 경우에 따라서는 아침에 일어나기 힘들고 겨우 샤워를 하고 나면 다시 자고 싶어진다고도 한다. 체력이 떨어진 것 같아서 영양제도 챙겨 먹고 몸에 좋다는 음식도 먹어보았는데 차도가 없어, 알고 보니 우울증이 원인이었다는 분도 있었다.

의욕도 없고, 아무것도 하고 싶지 않고, 할 힘이 생기지 않는 무기력함은 매우 위험한 신호다. '시간이 지나면 나아지겠지.' '내가 노력해서 극복해야지.'라는 생각을 가지고 있더라도, 이 무기력함이 호전 없이 2주 이상 지속된다면 반드시 전문가를 찾아야 한다.

무가치함: 난 정말 쓸모없는 존재야

"언젠가 사람들이 나를 찾지 않을 것 같다는 생각이 들 때…. 사실 혼자서 행복할 수 있는 사람은 거의 없잖아요. 우리는 누군가와 관계를 맺고 살아가니까. 그런데 그 관계 안에서 내가 의미 있는 존재가 아니라고 느껴질 때가 있어요."

"아무리 해도 항상 더 잘하는 사람이 있고, 더 잘사는 사람이 있고. 세상은 날 때부터 불공평하다는 것을 인정해야 하는데 인정하기 싫죠. 대부분 그런 감정은 타인으로부터 오는 거 같아요. 비교대상으로부터. 내가 갖지 못한 것에 대한 박탈감이 나를 쓸모없는 사람으로 느끼게 해요. 내가 더 잘하고 싶고, 잘해야 하는데, 나는 뭐 하고 있지….”

“옥상 난간에서 담배를 피다가, 문득 여기서 그만 끝내도 되지 않을까 싶어요. 이렇게 계속 살아서 뭐 하지? 부모님 생각에 차마 떨어지진 못했지만. 한번은 술을 마시고 갑자기 현기증이 와서 차도 쪽으로 넘어졌거든요. 차가 바로 앞에서 가까스로 섰는데 제가 하나도 놀라지 않더라고요.”

“저보다 경험이 없거나 노력을 덜 한 사람이 성취한 걸 보면 상대적 박탈감과 열등감이 밀려오고 그 기세에 떠밀려 ‘나는 안 되는 건가, 여기까지인가.’ 싶어요. 뭐가 문제인 건가, 다 포기하는 게 맞는 건가. 그런 감정이 들기 시작하면 이성적 판단이 전혀 안 돼요.”

내 삶에 가치를 전혀 느낄 수 없을 때, 우리는 자기 자신을 비난하기 시작한다. ‘도대체 내가 할 줄 아는 건 뭐지. 쓸모가 없어. 난 쓰레기야.’ 같은 말들을 퍼부으며 스스로에게 가혹하게 군다. 나 같은 경우엔 그런 적도 있었다. 속으로 계속 나를 자책하다가 나도 모르게 입 밖으로 “멍청이….” 이렇게 내뱉어 버린 거다. 옆에 있던 사람들이 ‘뭐지? 나한테 한 말인가?’ 하고 오해할 정도로 소리 내 말했었는데, 그 이후로도 종종 그런 경우가 있었다.

‘난 왜 이거밖에 안 되지. 진짜 구제불능 노답이야.’

이런 프레임을 만들고 그 안에 갇히기 시작하면 좀처럼 벗어나기 힘들어진다.

무망감: 내일 더 나아질 것 같지가 않아

"절망적이라는 말이 이거구나 싶게, 정말 다 끝난 것 같은 기분이 들어요. 막막하고 답답하고 앞이 캄캄한 기분. 내가 뭘 어떻게 할 수 없다. 내가 할 수 있는 건 아무것도 없다. 이런 기분."

"미래에 대한 불안이 가장 힘들어요. 내가 앞으로 잘할 수 있을까, 앞으로도 계속 이 정도 수준에 머무는 건 아닐까, 이런 것에 대한 불안감이요."

"어떻게 해야 잘할 수 있을지 모르니까 거기서부터 오는 부담감이 크고 절망감이 들죠. 발버둥 친다고 해서 삶이 더 나아질 것 같지도 않고요. 0에서 조금씩 쌓아가는 것보다, 마이너스에서 0을 만드는 것에 더 많은 에너지가 필요한 것 같아요."

무망감이란 말 그대로 희망이 없는 상태를 말한다. 우리가 흔히 '절망적이야.'라고 표현하는 상태와 같다. 그야말로 '마이너스' 상태인 것이다. 'Beck 무망감 척도(BHS, Beck Hopelessness Scale)'를 통해 내가 미래에 대해 어느 정도 부정적인 생각을 가지고, 절망감을 느끼고 있는지를 체크해볼 수 있다.

1, 3, 5, 6, 8, 10, 13, 15, 19 문항에서는 '아니오'를 1점

으로, 나머지 문항에서는 '예'를 1점으로 계산하여 총점을 구하면 된다. 10점 이상이라면, 심각한 무망감에 빠져 있을 확률이 높다.

질문사항

번호	질문	예	아니오
1	나는 미래에 대해 희망적이고 의욕적이다.	☐	☐
2	내 생활을 더 좋아지게 할 수 없으므로 포기하는 것이 나을 것 같다.	☐	☐
3	일이 잘 안 될 때에는 항상 이렇지는 않을 것이라고 생각하면 도움이 된다.	☐	☐
4	내가 10년 후에 어떻게 되어 있을지 상상할 수 없다.	☐	☐
5	내가 원하는 것을 성취할 수 있는 시간이 충분히 있다.	☐	☐
6	미래에 나는 내가 가장 중요하다고 여기는 일에서 성공할 수 있을 것이다.	☐	☐
7	나의 미래는 어두울 것 같다.	☐	☐
8	나는 내 인생에서 보통 사람보다 좋은 것을 더 많이 얻을 수 있을 것이다.	☐	☐
9	나는 마음이 편치 않고, 미래에도 아마 그럴 것이다.	☐	☐
10	나에게 있어 과거의 경험은 미래를 위한 좋은 발판이 되었다.	☐	☐
11	앞으로 나에게 일어날 모든 일들은 좋은 일보다 나쁜 일이다.	☐	☐
12	나는 내가 정말로 원하는 것을 가질 수 있다고 기대하지 않는다.	☐	☐
13	나는 미래가 지금보다 더 행복할 것이라고 생각한다.	☐	☐
14	내가 원하는 대로 일이 잘 풀리지 않을 것이다.	☐	☐
15	나는 미래에 대해 큰 신념을 가지고 있다.	☐	☐
16	내가 원하는 것을 가질 수 없으므로 무엇을 원하는 것은 바보 같은 일이다.	☐	☐

17 나는 장래에 진정한 만족감을 느끼지 못할 것 같다.	□	□
18 나에게 미래는 막연하고 불확실하게 보인다.	□	□
19 나는 미래에 나쁜 일보다는 좋은 일이 더 많이 있을 것이라고 기대한다.	□	□
20 내가 원하는 것을 얻기 위해 노력하는 것은 소용이 없는 일이다. 왜냐하면 나는 아마도 그것을 갖지 못할 테니까.	□	□

이게 다 너무 열심히 살아서 그래

뭔가가 없는 감정, 결핍된 상태, 우울증으로 가는 길목에 버티고 있는 이런 감정들은 대체 어디서 온 걸까? 이게 다 '참 잘하고 싶은데, 참 잘살고 싶은데.'라는 마음에서 시작된 것은 아닐까? 물론 우울이라는 감정이 시작되는 지점은 각기 다르다. 하지만 적어도 우리가 만난 사람들은 '우울이라는 터널'로 들어서기 전 '너무' 열심히 살고 있었다. 누구보다 열의 있었고, 누구보다 사랑받기를 원했으며, 누구보다 밝게 살고 싶어 했던 사람들이다.

'그렇다면 이게 다 너무 열심히 살아서인 걸까? 조금만 대충대충 살았다면, 우울한 감정에 사무치지 않고 살아갈 수 있었을까. 지금도 삶에 '너무 열심히' 임하고 있는 나, 우리 모두 '우울해지지 않도록' 바짝 경계하고 살면 되는 걸까.'

사람들의 목소리를 하나씩 담아갈수록 물음표는 계속해서 늘어난다. 결국 이 책은 이 많은 물음표를 느낌표로 바꾸는 여정일 것이다. 아니, 물음표도 느낌표도 없는 그냥 여백으로 두어도 괜찮다는 마음이 들 수 있으면 그걸로 의미 있을 것이다. '나 괜찮아.'라고 말해야 한다는 마음이 아니라 '나 안 괜찮아. 그게 뭐? 안 괜찮을 수도 있지.'라고 말할 수 있는 날을 위해 우리는 다음 인터뷰이를 만나러 나섰다.

“

우울이라는 감정이 시작되는 지점은 각기 다르다. 하지만 적어도 우리가 만난 사람들은 '우울이라는 터널'로 들어서기 전 '너무' 열심히 살고 있었다. 누구보다 열의 있었고, 누구보다 사랑받기를 원했으며, 누구보다 밝게 살고 싶어 했던 사람들이었다.
이게 다 너무 열심히 살아서인 건 아닐까? 조금 대충 살았다면, 우울한 감정에 사무치지 않고 살아갈 수 있었을까? 지금도 삶에 '너무 열심히' 임하고 있는 나, 우리 모두 '우울해지지 않도록' 바짝 경계하고 살면 되는 걸까?

”

장미는 장미대로, 들꽃은 들꽃대로 저마다 자기답게 피어 있다

연 님을 처음 만난 건, 경리단길의 작은 카페였다. 그날은 김현경 작가와 처음 만난 날이었다. 책《아무것도 할 수 있는》을 쓴 김현경 작가는 '아임 낫 파인' 프로젝트의 작가로 참여했었다. (도중에 현경 작가에게 사정이 생겨 하차하게 되었는데, 이 이유에 대한 이야기는 118페이지의 '폐쇄병동 이야기'에서 자세히 다뤄진다.) 이날은 현경 작가에게 우리 프로젝트를 설명하고, 함께할 방법을 모색하는 시간이었다. 평일 낮이라, 손님은 우리 한 테이블과 다른 테이블에 혼자 온 여성 한 분뿐이었다. 긴 시간 함께 이야기를 나눈 후 현경 작가와 카페를 나서려는데, 다른 테이블에 계시던 그 여성이 황급히 따라 나와 우리에게 말을 걸었다.

"저기…. 죄송하지만 혹시 출판사 분들이신가요? 저도 우울증에 관한 프로젝트를 하고 있거든요. 일부러 엿들으려던 건 아닌데, 본의 아니게 아까부터 나누시는 이야기가 계속 들렸어요."

그녀는 자신을 타투이스트 '연'이라고 소개했다. 얼굴이 하얗고 목소리가 상냥한 모습이 꼭 '꽃'같다는 인상을 주었다. 그녀는 과거 우울증을 앓았지만, 타투를 시작하면서 크게 호전된 상태라고 했다.

"제 경험을 토대로 프로젝트를 구상하고 있었는데, 마침 옆 테이블에서 우울증에 대한 이야기를 하시니 저도 모르게 계속 귀를 기울이게 됐네요. 이렇게 처음 보는 분들한테 말을 거는 일도 잘 없는데…. 같이 이야기를 좀 더 나눌 수 있을까요?"

우리 역시 프로젝트를 막 시작했을 때라, 이런 이야기를 가진 분을 우연히 만나게 되어 너무 반가웠다. 우리의 인연은 그렇게 시작됐다.

그 자체가 나고, 내 삶이라는 것을 받아들인 후

"5년 전, 개인적인 사건으로 많이 우울해 있었어요. 시간이 지나면 괜찮겠지 했는데, 점점 생활이 힘들어졌어요. 잠을 못 자고, 잠이 들더라도 계속해서 악몽을 꾸니까…. 일상생활이 너무 힘들어 2년 전쯤 수면제를 처방받으려고 병원에 갔는데 우울증이라는 거예요. 의사선생님은 꽤 오래됐을 텐데 힘들었겠다고 하시더라고요. 사실 잠을 못 자니 규칙적인 생활이 힘들었던 게 사실이었죠. 낮에 일할 때 계속 축 처지고, 나도 모르게 하품을 계속하고…. 회의시간에 하품하다가 혼이 나기도 했고요. 인간관계도 좁아졌어요. 스스로 외향적이라고 생각하며 살아왔는데, 이후에는 사람 만나기가 너무 힘들더라고요. 대화가 계속 우울하게 오고 가니 사람들도 안 좋아하고, 그게 저도 느껴지니 사람들을 더 만나기가 힘들었어요."

연 님은 믿고 털어놓을 데가 없어서 더 힘들었다. 가족들에게는 차마 우울증이라고 말할 수 없었다. 자꾸만 힘들고 처져서 집에서 가만히 쉬고 있으면, 부모님 눈엔 집에만 틀어박혀 있는 한심한 딸로 비추어졌다. 그러니 자연스럽게 사이가 안 좋아졌다. 주변 사람들에게도 쉽사리 말할 수 없었다. 다리가 아픈 사람에게는 자리를 양보하지만, 보이지 않는 마음이 아프니 아무도 몰랐다. 누구에게도 이해받거나 배려받지 못한 채, 계속 오해만 쌓여 갔다.

힘든 일은 한꺼번에 몰려왔다. 회사도 거의 싸우다시피 하고 나왔다. 지친 연 님은 고향으로 내려갔다. 무기력한 날들이었다. 그때 책을 읽다가 한 구절이 마음에 확 날아들어 꽂혔다.

"간다뷔하."

불교에서 '화엄세계'를 뜻하는 산스크리트어다. 화엄세계는 온갖 꽃들이 만발한 동산, 이상적인 세계다. 그 꽃밭에서는 우열이 없다. 장미는 장미대로, 들꽃은 들꽃대로 저마다 자기답게 피어 있다. 모든 존재들이 자기만의 가능성과 삶을 긍정하며 만개한다. 연 님은 이 구절에 울림을 느꼈다.

"나에게 우울증이 있어도 그 자체가 나이고, 내 삶이니 받아들여야겠다고 생각했어요."

간다뷔하를 몸에 새기고 싶다는 생각이 들었다. 사실 타투라고 하면 무서운 사람들만 하는 것이라고 생각했는데, 찾아보니 섬세하고 아름다운 도안이 많았다. 날개뼈 위에 간다뷔하를 원어로 새겼고, 그와 함께 여러 가지 꽃들을 그려 넣었다. 그때 처음 '이런 타투를 내가 다른 사람에게 해주면 어떨까?'라고 생각했단다. 친구에게 조심스럽게 물어보니 기뻐하며 응원해주었다. 원래 우유부단한 성격인 데다가 당시는 무기력증에 빠져 밖에 잘 나오지 않을 때였는데도 불구하고, 이상하게 빨리 행동하고 싶은 '의욕'이 들었다고 한다.

반드시 나아질 수 있다고 믿는 것

그길로 연 님은 타투 선생님을 찾으러 다니기 시작했고, 다시 조금씩 바깥 활동을 시작했다. 한동안 연락을 하지 않고 살았던 친구들에게도 연락하기 시작했다.

"그때 많이 힘들 때였는데 내가 타투 덕에 기운을 얻고 의욕을 갖기 시작한 것처럼, 다른 사람의 마음에도 이 타투가 위안을 줄 수 있을 것 같다는 생각을 했어요. 사람들은 멋으로 타투를 하기도 하지만, 잊고 싶지 않은 의미를 새기기도 하니까요. 타투이스트로서의 새 이름을 '연'이라고 지었어요. 인연을 의미해요. 내가 그린 그림이 사람들을 만나는 것도, 내가 사람들과 만나는 것도 다 인연이라고 믿으니까요."

연 님의 타투숍에 두 번째 방문했던 한 손님이 있었다. 처음에 무척 밝았고 농담도 잘해서 밝은 성격이라고 생각했는데, 두 번째 왔을 때 이런저런 얘기를 하다가 그 손님이 우울증과 공황장애를 겪고 있다는 것을 알게 되었다. 연 님도 자신의 이야기를 꺼내게 되었다. 우울증을 앓고 나서 처음으로 다른 사람에게 털어놓게 된 시간이었다. 이런 이야기를 하는 건 서로 큰 용기가 필요한데, 타투에 그런 힘이 있다고 생각했다. 그 손님과의 인연으로 연 님은 타투에 더 깊은 애정을 갖기 시작했다.

그렇게 타투이스트라는 일을 하면서 조금씩 일상을 되찾았다. 이전에는 시간 개념 없이 '나는 왜 이럴까.' '너무 힘들다.'라는 생각으로 하루를 허무하게 보내는 날이 많았는데, 타투 일을 하다 보니 손님과의 약속시간에 맞춰 일어나고 하루를 보내게 되었다. 일하는 시간과 쉬는 시간도 구분하게 되었다. 지금은 어떤 도안을 만들면 더 예쁠까, 어떻게 하면 더 잘할 수 있을까 하는 것에 집중하고 그림을 그리는 데 시간을 많이 보낸다. 아직 병원에 다니고 있고 약도 먹고 있지만, 타투 일을 하는 동안 그녀는 우울증을 조금 잊고, 평범한 사람처럼 살 수 있다고 했다.

“제가 다니는 정신과 의사선생님에게 질문한 적이 있어요. 저는 어릴 때부터 우울한 성향이 컸는데 이걸 과연 바꿀 수 있는 거냐고. 평생 이 우울증을 가지고 살아야 하냐고. 선생님께서는 ‘성향’과 우울증이라는 ‘증상’은 다른 거라고 얘기하시더라고요. 제가 불안해하고 심장이 뛰고 잠을 못 자는 그런 것들은 증상인 거죠. 이 증상은 치료를 통해 분명히 나아지는 거고. 그렇게 상황이 나아지면 자기 성향도 받아들일 수 있는 거라고요. 그렇기 때문에 ‘반드시 나을 수 있는 것’이라고 말씀하셨어요. 그래서 저는 그 말을 굳게 믿었어요.”

“같이 이겨 내보자.”고 말할 수 있을 때

“저 사실 심리학과를 졸업했어요. 우울증에 대해서도 공부했었는데, 더 안다고 해서 덜 힘든 건 아니더라고요.”

그녀는 우울하고 자존감 낮은 사람들은 칭찬과 좋은 말을 해줘도 ‘난 안 될 거야.’라고 반응하기 때문에 주변 사람들이 점점 멀리하게 된다고 학교 때 배운 것을 떠올렸다. 그래서 더욱더 사람들에게 우울증이라고 밝히기 어려웠다. 겉으로는 밝은 연 님의 모습에 매력을 느끼고 다가왔던 사람들이 의외의 우

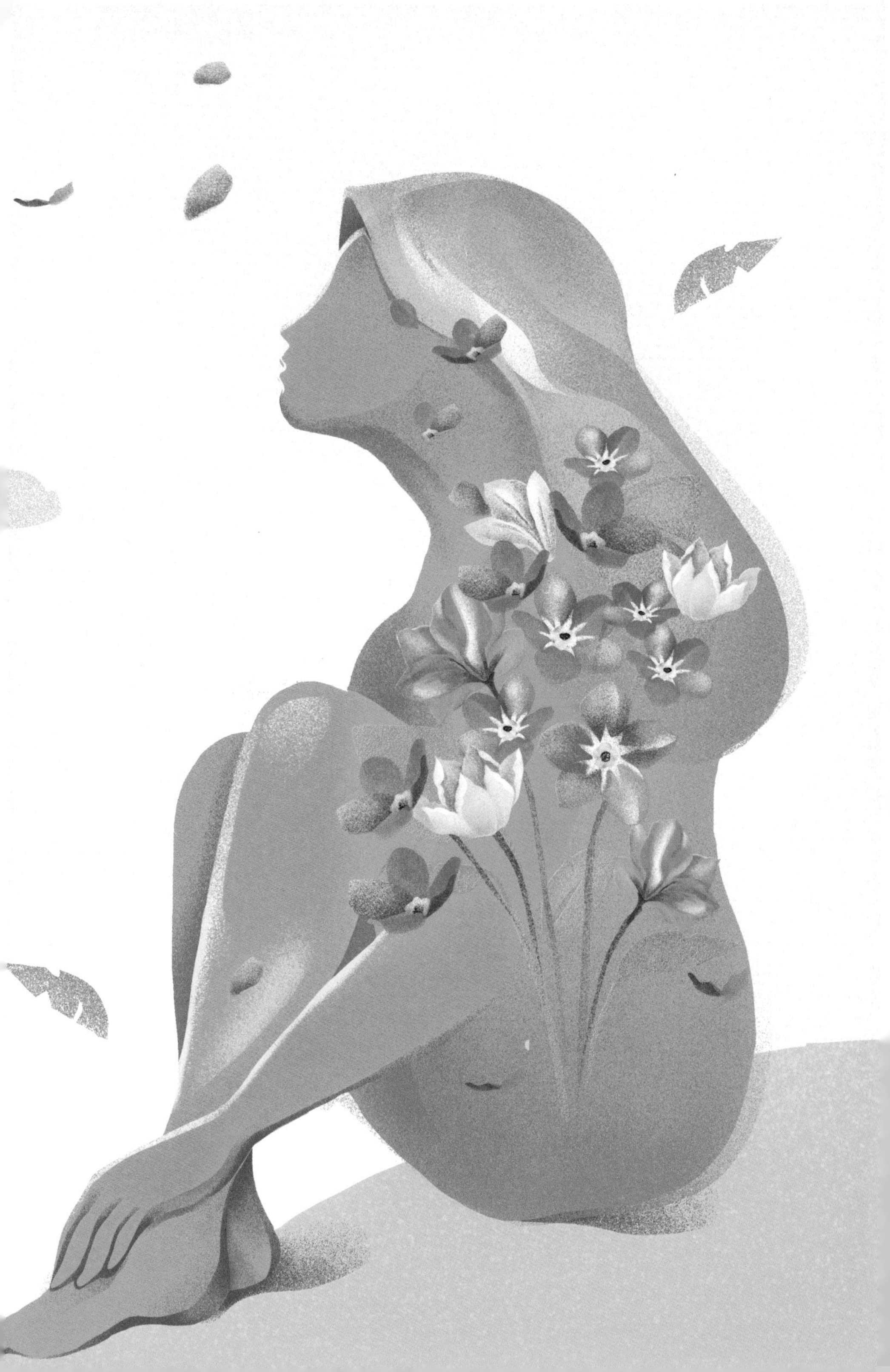

울한 모습에 등을 돌렸던 일들을 겪으면서 그에 대한 부담감과 부정은 더 커졌다.

그럼에도 그녀는 타투를 통해 '연'이라는 새로운 이름을 갖게 되었고, 비로소 다른 사람에게 "같이 이겨내보자."라고 말하고 싶어졌다. 그때가 돼서야 비로소 자신의 이야기 또한 꺼낼 수 있었다.

"그런 맥락에서 "Flower is you."라는 프로젝트를 준비하고 있어요. 우울증으로 힘들어하는 분들 중에는 자해를 하는 분들이 많은데, 그 흉터에 타투를 새기는 프로젝트에요. 힘든 시간을 견디면서 조금이라도 살아가는 데 힘이 되는 메시지를 남겨드리고 싶어요. 같이 이야기도 나누고 소중한 걸 새기면서, 몸과 마음에 난 상처가 더는 가리고 싶은 것이 아니라 '희망'이 됐으면 하고 바라요. 상처는 이렇게 예쁜 꽃이 될 수 있고, 아름다운 의미도 될 수 있으니까. 우울증 역시 '나쁜 것' '나를 해치는 것'이라고만 생각하지 말고, 자기 자신으로 받아들이고 그렇게 살았으면 좋겠어요. 다들 하나하나 꽃처럼 아름다운 존재니까. 스스로를 소중히 했으면 좋겠어요."

연 님의 작업실에는 온통 꽃 도안 천지다. 연 님의 몸 곳곳에도 꽃이 피어 있다. 우울증으로 직장과 친구들까지 잃고 바닥까지 내려갔던 시간들. 타투를 하면서 하나, 하나 희망을 다시 찾은 시간들을 들으면서 참으로 다행스럽고, 고맙다. 힘들었을 우울증을 잘 이겨내줘서. 스스로를 토닥토닥 잘 이끌고 여기까지 와줘서.

"완전히 벗어났다고는 말할 수 없어요. 하지만 이만큼 나아진 후로는 나 자신을 더 소중하게 보듬고, 사랑할 줄 알게 되었어요. 괴롭지 않은 마음으로 살아갈 수 있는 오늘에 감사하게 되었고요. 장미는 장미대로, 들꽃은 들꽃대로 우리는 저마다 이유가 있게 피어 있습니다."

3

우울과 — 우울증 사이

"다른 신체질환을 생각해보면 쉽게 이해할 수 있어요. 고혈압이나 당뇨 같은 만성질환이 있다고 해서, 그것을 타고난 성향으로 보지는 않잖아요. 쉽게 말해, 우울증이라는 것은 시작과 끝이 분명하다는 얘기죠. 마치 감기에 걸렸다가 낫는 것과 같습니다."

우울한 감정은 누구에게나 찾아온다. 종일 우울한 하루가 있기도 하고, 하루 중 출근시간에만 세상만사 우울한 기분을 느끼기도 한다. 살면서 종종 만나는 이런 우울한 감정은 '우울증'과 다른 것일까? 어제는 우울했지만 오늘은 아니라면, 이건 단순히 일시적인 감정일까? 감정과 기분으로서의 '우울함'과 병으로서의 '우울증'에는 분명한 경계가 있는 걸까?

심리상담가 이혜진 선생님과 정신과전문의 최의헌 원장님을 만나 이 궁금증을 차근차근 풀어나가기로 했다.

우울한 걸까, 우울증인 걸까

"혼자 남겨져 생각할 시간이 많을 때는 다 끝내고 싶고 도망가고 싶다가도, 다음 날 또다시 바쁘게 움직이며 내 일을 하고 사람들을 만날 때는 언제 그랬냐는 듯 우울감이 사라져요."

일단, 이혜진 선생님께 우리가 보편적으로 느끼는 '우울한 감정'에 대해 이야기했다. 어느 날 생겨나고 어느 날 사라지는 것. 힘든 일이 있을 때 왔다가, 해결되면 다시 가는 것. 어떻게 다뤄야 할지 모르겠는 이 감정이 과연 우울증과 관련이 있는 것인지에 대한 해답을 찾기 위한 첫 번째 단계다.

"다음 날이 되어 우울하지 않다고 해서, 어제의 그 우울함이 없어진 건 아니에요. 우울한 감정을 확실히 해소해주지 않았다면, 그건 어디로 날아가거나 스스로 사라진 게 아니라 내 안 어딘가에 남아 있게 되거든요. 그런 감정을 느꼈을 때 되도록 빨리 그것을 알아차리는 것이 중요해요. '시간이 지나니 다시 괜찮네?'라고 생각하는 것보다는 '혼자 있을 때 내가 힘든 마음을 느꼈구나.'라고 그 감정을 인지하는 것이 우울함을 해소하는 출발점입니다."

우울은 사람마다 다르게 나타난다. 평소와 다르게 무기력하다거나, 나만 못난 것 같이 느껴지기도 하고 다른 활동을 하면 잠시 괜찮지만 그게 끝나면 공허함에 사무치기도 한다. '이렇게 힘든데 도대체 왜 살아야 할까.' 하는 마음으로 흘러가는 경우도 있다.

취업이 계속 안 된다거나, 사랑하는 사람을 잃는다거나, 모든 걸 다 쏟았던 일에 실패했다거나…. 그럴 때는 누구나 애도의 시간이 필요하다. 이렇게 '사건'이라고 할 만한 일들이 불러일으킨 우울감이 지속적인 고통으로 이어지게 되는 지점은, 그 감정에 압도돼 나 자체를 쓸모없는 사람으로 인지하게 되는 순간이다. 사건과 슬픈 감정을 넘어, 나라는 존재에 대해 무가치하다고 생각하기 시작하는 것이다. 예를 들어, 취업이 오랫동안 안 되면 '이렇게 나를 원하는 곳이 없다니 나는 쓸모없는 사람이야. 존재 가치가 없는 사람이야.'라는 식으로 생각이 흘러간다. 취업을 못하는 이유를 분석해서 거기에 필요한 행동을 해야 하는데, 문제의 원인과 나를 동일시해서 그 모든 것을 뭉뚱그려 '나'의 문제로 귀결시킬 때 위험해진다.

이런 식의 사고가 지속될 때는, 내가 틀린 것이 아니라는 객관적인 검증의 시간이 필요한데 자신의 문제를 주로 혼자 해결해온 사람이라면 참을 수 없을 때까지 이 고통을 키우기도 한다. 이런 사람들의 경우 상담센터나 병원을 찾기까지 많은 용기가 필요하다. '내가 병원에 가야 할 수준일까?'라는 고민을 수백 번 하며 시간을 허비한다. '가야 하나?'에 대한 고민에 대해 이혜진 선생님은 이렇게 답해주셨다.

"일단 그런 고민이 들었다면, 상담센터나 병원을 찾아야 하는 때입니다."

“

취업이 계속 안 되거나, 사랑하는 사람을 잃거나, 모든 걸 다 쏟았던 일이 실패하거나. 이럴 땐 누구나 애도의 시간이 필요하다. 이렇게 '사건'이라고 할 만한 일들이 불러일으킨 우울감이 지속적인 고통으로 이어지게 되는 지점은, 그 감정에 압도돼 나 자체를 쓸모없게 여기는 순간이다. 사건을 넘어서, 나라는 존재에 대해 무가치하다고 생각하기 시작하는 것이다.

”

'내가 우울한 거 맞나? 이 정도면 우울증인 게 맞는 걸까?'에 대해 혼자 생각하고 판단하지 말라는 이야기였다. 우리는 어릴 때부터 '나약하면 안 된다.' '넘어져도 혼자 일어나야 훌륭한 것이다.'라고 배웠다. '네가 나약해서 그래. 나약한 건 안 좋은 거야. 강해야지.'라고 학습받아 왔다.

나의 어디가 어떻게 아프다고 말하는 것인지 진단해줄 수 있는 사람은 전문가다. 미칠 듯 아픈 복통이 있을 때 우리는 그것을 '알아서 낫겠지.'라고 넘기지 않는다. 데굴데굴 구를 지경이 되면 우리는 병원에 간다. 배가 왜 아픈지, 무슨 병인지 의사에게 진단받고 치료해야 하니까. 마음도 마찬가지다.

그렇다면 우리 마음에 깃드는 병, 병원에 가서 의사선생님과 함께 치료해야 할 우울증의 정확한 실체는 뭘까? 어떤 증상이 나타나면 우울증이라고 진단하는 걸까? 우울증에 대해 조금 더 확실한 윤곽을 잡을 필요를 느꼈다.

우울증은 '특성'이 아니라 '상태'다

우울증은 일반적으로 '주요우울장애'와 '지속성우울장애(기분부전장애)'가 있다. 주요우울장애는 앞서 살펴본 여러 증상들이 2주 이상 지속되는 것. 그리고 지속성우울장애는 주요우울장애와 증상이 비슷하지만, 그 정도가 약하게 2년 이상 지속되는 것을 말한다. 즉 긴 시간 얕은 우울감이 지속되기 때문에,

마치 '우울한 성격'을 타고난 것처럼 느끼기 쉽다.

하지만 정신의학과 심리학에서 '우울은 결코 성격이 아니다.'라고 규정한다. 우울은 '성향trait'이 아니라 '상태state'인 것이다. 타고난 성향이나 기질은 숙명이라고 생각하기 쉬운데, 우울이라는 기분은 어렵긴 하지만 정상의 상태로 돌아오거나 좋게 만들 수 있다. 어떤 상태의 기간이 길다고 해서 그것을 성격이라고 하지는 않는다. 이에 대해 최의헌 원장님은 이렇게 말씀하신다.

"다른 신체질환을 생각해보면 쉽게 이해할 수 있어요. 고혈압이나 당뇨 같은 만성질환이 있다고 해서, 그것을 타고난 성향으로 보지는 않잖아요. 쉽게 말해, 우울증이라는 것은 시작과 끝이 분명하다는 얘기죠. 마치 감기에 걸렸다가 낫는 것과 같습니다. 이것을 심리학 용어로 삽화Episode라고 해요."

한편, '성격장애'는 다르다. 이는 지능처럼 타고나거나 고착화된 것이다. 대개 18세 이상부터 성격이 고착되어 어떤 상황이든 누구를 만나든 거의 변함없이 나타난다. 치료도 거의 안 된다. 다만, '성격을 다듬는다.'는 말이 있는 것처럼 겉으로 모나지 않게 표현하는 걸 연습하기도 하고 약물치료도 한다. 그러나 본질은 바뀌지 않는다. 성격장애로는 편집증, 조현병, 반사회성성격장애, 경계선성격장애 등이 있다.

우울증은 어디에서 시작되는 걸까?

"우울증은 대부분 아이 시절에 결정된다고 봐요."

최의헌 원장님은 이렇게 딱 잘라 말씀하신다. 엄마가 아이를 가르치고 훈육하는 가장 중요한 시기가 바로 만 1~3세다. (그 이전에는 가르칠 수가 없고 그 이후부터는 대부분 어린이집이나 유치원에서 배우게 된다.) 이때 대소변를 가리는 법, 인간관계의 본질, 자신에 대한 특성을 배운다. 아이들은 이 시기에 "해." "하지 마." "잘했어." "못했어."라는 식의 표현을 주로 배우는데 이때 문제가 생기면 커서도 그 문제가 나타나고 극단적으로 표출된다. 이 발달 시기에 생긴 문제로 나타나는 대표적인 질환이 우울증, 성격장애, 강박장애, 식이장애다.

성인이 되면서 겪은 사건보다, 어린 시절의 양육방식에 의해 문제가 나타날 수 있다는 이야기는 상당히 충격적이다. 약간 억울한 기분도 든다. 다 커서 20~30대에 발생한 우울증이 어린 시절과 긴밀한 연관이 있다니. 돌아가서 고치고 올 수도 없지 않나.

"보통 저는 자물쇠와 열쇠로 설명하는데요. 어린 시절의 양육 과정과 상관없이 우울증이 생길 수 있다는 학자들이 있지만, 제가 이해하는 선에서는 그렇지 않아요. 똑같은 스트레스를 받아도 단순한 우울로 끝나는 사람과, 우울증으로 이어지는 사람은 다른 부류의 사람이에요. 만 1~3세의 성장 과정에서 모종의 결함이 생긴 사람은 같은 사건을 두고도 우울증까지 갈 수 있는 거죠. 계속 문제를 가지고 살아가는 것은 아니고, 포장을 하고 살아가요. 어렸을 때는 단순하니까 문제가 크게 드러나지 않다가, 사춘기 이후에 사회적으로 복잡한 관계를 맺게 되면서 숨겨져 있던 문제가 드러나는 거예요. 사랑하는 사람과 헤어지거나 중대한 이별 같은 사건이 일어나면, 그 사건이 열쇠가 되어 그 사람의 자물쇠를 푸는 역할을 합니다. 자물쇠와 짝을 이루는 열쇠가 있다고 보는 거죠.

반면에 기질은 열쇠가 들어오지 않아도 어느 시점이 되면 열립니다. 쉽게 말해 시작과 끝이 없는 거죠. 열쇠가 작용하지 않는, 잠겨 있지 않는 자물쇠인 거예요. 상태는 잠글 수 있는 거고요. 평생 안 열리고 갈 수도 있고요. 암도 그렇잖아요. 걸릴 수 있는 요인은 있지만 평생 안 걸릴 수도 있어요. 암이 기질이냐 하면 아니거든요. 우울증은 암과 같이 상태인 거죠."

일반적으로 심한 스트레스가 심한 우울을 야기하고, 가벼운 스트레스는 가벼운 우울을 야기할 것이라고 생각한다. 하지만 어렸을 때 갖게 된 병적인 요인이 기저에 있을수록 심한 우울이 발현하기 쉽다. 다시 말해, 사람에 따라 같은 스트레스에도 심한 우울이 생길 수도 있고, 그 반대일 수도 있다는 것이다.

내가 우울증인지 어떻게 알 수 있을까?

우울증의 진단 기준은 크게 아홉 가지인데, 그중 두 가지가 '우울'과 '흥미가 없는 것'이다. 우울증이라고 진단할 때 둘 중 하나는 꼭 있어야 한다. 다시 말해, 우울증이지만 우울감은 느끼지 않고 흥미가 없기만 할 수도 있다. 흥미가 없다는 건 평소 즐겨했던 것, 사람들과 어울리는 것, 특별한 취미 같은 것에 어느 순간 재미와 의욕이 없어지는 것이다. 이때 대개는 '아, 내가 우울증이구나.'라고 생각하는 게 아니라 '다 끝났구나.'라고 생각한다. 이 단계에서 진단을 받고 치료를 시작해야 하는 상황이라는 것을 알아차리기만 해도 출발이 달라진다.

더 현실적으로 알 수 있는 기준은 우울이 '몸으로 나타났느냐.'이다. 즉 생물학적, 신체적 변화로 보이는 것들이다. 대개 우울한 감정은 '기분의 문제'라고 생각하지만, 이는 '신체의 문제'로 나타나게 되어 있다. 식욕, 성욕, 수면 같은 리듬에 문제가 오는지를 살펴보면 된다.

마지막으로 평소에 자기가 쓰던 '우울 극복 방법'이 통하느냐는 것이다. 간단히 말해 '자극'이 통하는지를 본다. 평소 우울할 때 하는 자극, 즉 초콜릿을 먹거나 수다를 떨거나 술을 먹는 방법이 우울증에는 잘 통하지 않는다. 그렇게 되었을 때 모든 것이 소용없다고 느껴지거나 포기하고 싶은 마음이 들고 자살을 생각하게 된다. 나아질 가능성이 없다고 생각하게 되는 것이다.

우울증은 이처럼 평소의 '자극'으로는 해결되지 않기 때문에 정신과에서는 새로운 방법으로 치료를 한다. 그 방법은 바로 '규칙regulation'이다. 일반적으로 주변 사람들은 우울하다고 하는 사람에게 자꾸 무엇을 하라고 권한다. 운동이나 여행을 해보라고 한다. 하지만 우울한 상황에서는 새로운 환경에 적응하는 것이 더 큰 스트레스가 된다. 직장을 바꾸는 것은 물론, 심지어는 직장을 쉬라는 것도 스트레스가 될 수 있다. 보통은 평소의 리듬을 바꾸지 않고, 익숙한 환경을 유지하는 게 좋다. 규칙적인 생활이 중요한데 우울한 상황에선 그게 잘 안되기 때문에 약물치료를 시도하는 것이다.

약물치료, 즉 규칙을 통한 치료는 짧은 순간 변화가 일어나지 않는다. 따라서 약을 먹는다고 당장 눈에 띄게 개선되지 않는다. 다만 2~3주가 지나면 '어, 다르네?'라는 느낌을 받을 수 있다. 우울증은 절대 순간적인 것으로 극복되는 게 아니라는 얘기다.

치료가 필요한 진짜 이유

물론 우울증은 따로 치료를 안 해도 자정적으로 회복될 수 있다. 그럼에도 치료를 하는 이유는 두 가지다. 먼저, 좋아지는 게 너무 오래 걸린다. 한 1년 걸리는데, 그 사이 내 주변은 이미 풍비박산이 난다. 손실을 줄이기 위해 빠르게 치료할 필요가 있다. 또 하나는 자살을 방지하기 위해서다. 우울증은 자살 때문에 다른 질환보다 훨씬 사망률이 높다. 그래서 그냥 기다릴 수가 없는 것이다. 감기처럼 걸렸다 나았다 하는데, 짧게는 2주, 길게는 몇 년까지 지속된다. 우울증 치료는 이 삽화episode 기간을 단축해준다.

삽화가 반복되면 패턴이 생긴다. 조울증 같은 경우는 패턴이 1년에 한 번씩 오기도 한다. 삽화에 대한 자기경험이 생기면 '이제 가을이 시작되니 삽화가 올 듯해.'라고 예상할 수도 있다. 하지만 패턴이 정해졌다고 해서 삽화가 왔을 때 병원을 안 가고 버티는 것보다는 도움을 받고 짧은 시간 안에 넘어가겠다고 생각하는 게 좋다. 최의헌 원장님의 힌트를 들어보자.

"한 가지 알고 계셔야 할 것은, 약물치료를 하는 이유는 결과적으로 나타나는 생물학적 상태를 조정하기 위함이에요. 예를 들어, 감기가 걸리면 열이 올라가고 히스타민이 높아지는데, 히스타민이 높아지는 건 열이 높아지는 걸 해결하기 위한 몸의 자구책이에요. 병을 이겨내려는 우리 몸의 반응이거든요.

마찬가지로 우리가 의학적으로 쓰는 항우울제들은 주로 세로토닌을 높이는 역할들을 해요. 그렇다면 세로토닌이 낮은 게 우울증의 원인이냐? 그건 알 수 없어요. 마치 감기에 걸렸을 때 히스타민이 높아지는 것처럼 결과는 분명한데, 원인으로 단순화하기는 어려워요. 아직까지는 약물을 통해 이를 해결하고 다시 정상화하는 것이 세로토닌을 높이는 가장 빠른 방법이에요. 빠른 길이니까 선택한 것이지, 앞으로 계속해서 세로토닌이 모든 치료의 대사代謝가 될지는 알 수 없는 거죠."

긴 여정을 거쳐, 우리는 다시 처음의 질문으로 돌아왔다. '우울함'과 '우울증'은 다른 것일까? 여기부터 저기까지, 딱 잘라 경계를 세울 수 있는 걸까?

"꼭 진단 분류체계에 매여 있을 필요가 있을까요? 중요한 건 누구나 우울함을 느끼고 살아가는데, 그 감정을 어떻게 다루고 회복할 수 있는지에 있어요. 자동차를 가지고 있는 사람들은 때가 되면 정비소에 가서 점검도 하고 엔진 오일도 갈아주잖아요. 그런 데 쓰는 돈과 시간은 당연하다고 생각하면서, 자신의 마음에 대해서는 늘 나중으로 미뤄요. 알아서 잘 돌아가는데 괜찮겠지, 힘들어도 열심히 달려야지 하면서 마음의 상태를 모른 척하고 앞만 보고 가요. 마음이 불편하다고 느낄 땐, 참거나 모른 척하지 말고 기꺼이 도움을 청했으면 좋겠어요. 주저하거나 혼자 고민하지 않아도 됩니다."

우울증에 대한 견해는 학계에서도 매우 다양하고 계속해서 연구가 이루어지는 부분이 많이 남아 있습니다. 이 챕터의 내용은 도움을 주신 전문가들의 견해를 담은 것입니다.

우울의 끝에서 찬란한 사람들 2

부러진 다리로는 달릴 수 없어요.
뼈를 붙이는 게 우선이니까.

이 책에서 다루고 있는 우울증이라는 것을 겪었고, 그것에 사무쳐 괴로운 시간을 보냈지만 기어코 떨쳐낸, 내 친구 '포로리'의 이야기를 해보려 한다.

포로리는 고등학교 때 나의 절친이다. 학창시절 내내 반장을 놓친 적 없었고, 공부도 아주 잘하는 친구였다. 주변에는 친구들로 항상 북적북적했고, 엄마들과 선생님들이 모두 좋아했던 인기 많은 우등생. 대학에 가서도 학생회 활동에 동아리 활동까지 하며 에너지가 넘쳤고, 방학이면 꼭 농촌봉사활동에도 참여하여 시골 어르신들에게까지 사랑을 받았다. 그런 포로리가 자랑스럽기도 하면서 때때로 못내 부러웠던 게 사실이다.

포로리의 꿈은 아나운서였다. 사람들을 끌어당기는 매력과

지성을 모두 지닌 포로리가 반드시 아나운서가 되어 한국의 오프라 윈프리가 될 거라고 생각했었다. 하지만 방송사 문턱은 친구의 빛나는 재능보다 훨씬 높았다. 대학을 졸업하면서부터 포로리의 20대는 실패의 기록으로 얼룩져갔다. 지방 방송사까지 가능한 모든 곳의 면접을 보았지만 단 한 군데도 합격하지 못했다.

그녀는 일반 기업에 입사하기로 진로를 전향했지만 오랜 시간 언론고시만 준비해온 탓에, 계속해서 취업에 고배를 마셔야 했다. 울퉁불퉁한 20대를 지나면서 포로리에게 뿜어져 나오던 밝고 강한 아우라는 희미해져갔다. 그리고 어느 순간 먹구름처럼 거대하고 컴컴하기만 한 '우울'이 그녀를 덮쳤다. 포로리는 늪에 빠진 것처럼 아무것도 할 수 없었다.

포로리에게 우울증이 처음 찾아온 것은 취업 준비를 시작하던 2010년 겨울 즈음이었다. 우울증이란 자발적으로 회복이 되는 병이기도 하여, 취업 이후 우울의 기운은 슬며시 얕아졌다. 하지만 2012년 겨울에 다시 재발한 우울증으로 인해 포로리 스스로 무섭고 두려울 만큼 상태가 안 좋아졌다.

처음 우울증이 찾아왔을 때는 맥락 없이 자주 울고, 죽고 싶다는 생각을 계속했었는데, 재발했을 때는 어떤 감정조차 느껴지지 않았다. 누군가 "지금 기분이 어때요?"라고 물으면 어떤 상태라고 스스로 판단해 대답할 수 없었다. 또, 상상할 수 없을 정도로 무기력해졌다. 앉은 자리에서 일어날 수 없어 내려야 할 버스 정류장에서 내리지 못하고 지나칠 만큼.

“헷갈리는 게, 그냥 기분이 나쁜 건지 병인 건지 구분이 되지 않았어. 우울증이라는 게 24시간, 365일 우울한 게 아니라 초기에는 기분이 안 좋았던 기간이 2주 있으면, 일주일은 또 살 만하거든. 그러면 괜찮아지는 것 같단 말이야. 병원을 갈까 하다가 다시 괜찮아지니 안 가도 되겠네, 이걸 계속 반복하고 있었어.”

하지만 기분이 좋은 상태의 시간이 점점 짧아져서 나중에는 시계로 잰 것처럼 딱 2시간만 기분이 좋았다. 좋은 일이 생겨서 기분이 올라가도 딱 2시간이 지나면 바닥으로 뚝 떨어졌다. 죽고 싶다는 생각도 점차 구체적으로 바뀌었다. 아파트 베란다에서 아래를 내려다보며 “여기서 뛰어내리면 진짜 죽을까? 나무가 너무 무성해서 걸리면 살겠는데? 어딘가 못 쓰고 그냥 살겠는데?” 이런 생각을 했다.

죽고 싶다는 충동이 자꾸 들자 무서운 마음에 자살예방센터 번호를 핸드폰에 찍었다. 누를까 말까 고민했다. 인터넷에 검색해보니, 전화를 걸었다가 타박을 받았다는 사람의 후기가 있었다. 지금 생각해보면 진위 여부조차 알 수 없지만, 그 글을 보니 눈물이 펑펑 났다. 전화했는데 "왜 이 시간에 전화를 하고 그러세요."라고 하면 안 죽을 사람도 죽을 수 있겠다 싶었다. 무서웠고 누구에게도 도움을 청할 수 없었다.

이쯤 되니, 치료를 받고 잘 안 돼서 죽으나 치료를 받지 않고 괴로워하다 죽으나 상관없어졌다. 살려달라는 마음으로 포로리는 결국 병원을 찾기로 했다.

검색 끝에 동네의 한 개인병원에 갔다. 우울증 자가진단 검사와, 자율신경계 검사를 했다. 두 가지 검사결과를 가지고 의사선생님과 면담을 시작했다.

자율신경계 차트를 보니, 일반적인 사람들은 교감신경이 높고 그에 비해 부교감신경은 반도 못 미치게 내려가 있었는데 포로리는 그 반대였다.

"그동안 공부를 하거나 계획을 세워서 뭔가 할 수 있는 상태는 아니었던 것 같네요. 이미 몸에서 호르몬 등의 균형이 너무 많이 깨져 있던 상황이에요. 약한 우울증에서 중증으로 넘어가고 있는 상태였어요."

병원은 약물치료를 우선시하기 때문에 면담치료가 주를 이루지는 않지만, 첫 번째 면담은 내원자의 상태를 파악하기 위해서 조금 긴 편이었다. 의사선생님의 첫 번째 질문은 "어머니는 어떤 사람인가요?"였다. 포로리는 대답 대신 눈물을 쏟기 시작했다.

"기억에 남는 질문은 자살 시도를 해봤냐는 거였어. 시도를 제대로 해보지는 못했고. 그냥 흉내는 내봤다고 했더니 왜 끝까지 시도하지 않았냐고 묻더라고. 너무 무서웠다고 대답하는 동시에 엄청 울었어. 그냥 막 울음이 터져 나오더라고. 그때 의사선생님이 뭐라고 했는 줄 알아? '어머, 너무 잘하셨네요. 잘 참으셨어요.'라는 거야. 그때 그 말이 얼마나 위로가 되던지…. 친구들이 '너는 잘하는 게 많으니까 괜찮아.' 같은 말로 위로할 때와 많이 달랐던 것 같아."

그날부터 포로리는 처방받은 약을 복용하기 시작했다. 처음 이틀은 전에 없던 불안증세가 나타나기도 했고, 일주일 동안은 식욕이 전혀 없어 하루에 새콤달콤 하나 먹고 버티기도 했다. 이런 증상을 이야기하자 의사선생님은 다시 용량을 좀 낮추었고, 이후에는 변화 없이 계속해서 그 용량으로 복용했다.

약은 생각보다 빠르게 반응을 보였다. 기분이 좋아진 건 아니지만, 바닥을 치는 감정이나 행동이 줄어들었다. 한 달쯤 되자 정말 놀랄 만큼 변화가 나타났다. 연락을 끊었던 사람들에게 전화를 걸기 시작했다.

"너뿐만 아니라 정말 많은 사람들과 연락을 끊었었어. 300~400개의 연락처가 30개 정도로 줄었으니까. 가족과 동네 친구 한두 명을 제외하고는 아예 다 지워버렸어. 그랬더니 진짜 친한 친구들은 집으로 전화를 걸더라고. 내가 연락이 안 되니까 혹시 뭔 일이 났나 싶어서."

약을 먹은 이후부터 기분 상태가 호전되기 시작한 포로리는 전화번호를 지웠던 사람들의 싸이월드에 들어가 연락처를 다시 남겨달라는 부탁을 했다. 약을 먹은 이후로 갑작스런 분노나 죽고 싶다는 생각도 들지 않았다.

우연한 기회로 학원에서 가르치는 일을 시작하게 되었다. 약을 먹기 전에는 할 수 없었던 일이었다. 경제활동을 할 수 있게 되자 다른 생활도 나아졌다. 문득 무언가를 새로 배우고 싶다는 생각이 들었던 날은 스스로 깜짝 놀랐다. 그런 감정은 자신에게 더 이상 없는 일이라고 생각했기 때문이다.

우울증이 깊었을 때 토익점수가 낮게 나와 심하게 좌절했었는데, 알고 보니 우울증의 대표적인 증상이 바로 '집중력 저하'였다. 신문의 한 면을 처음부터 끝까지 읽지 못할 정도로 심했는데 약을 먹은 후에는 앉은 자리에서 소설책 두 권을 읽을 수 있게 되었다. 너무 신기했다.

포로리는 사실 뭔가를 배우고, 새로운 일 벌리는 것을 좋아하는 사람이다. 우울증으로 그런 욕구를 깡그리 잃어버렸었는데 약을 먹으면서 그것들이 하나하나씩 되살아나기 시작한 것이다. '사람을 만날 수 있겠다.' '술도 마실 수 있겠다.' '뭔가를 배워보고 싶다.' 이런 욕구가 찾아올 때마다 소중하고 감사했다.

약을 복용한 지 6개월쯤 되자 아주 괜찮아져서 스스로 판단한 뒤 간헐적으로 복용했다. 그러다 보니 병원 가는 날에 약이 너무 많이 남기도 했다. 병원에서는 그래도 계속 나오라며 약을 처방해주었는데 그때 속으로 '약을 팔려고 그러나.' 싶기도 했다. 훗날 포로리는 임상심리학을 공부하면서 약물치료에서는 상태 유지가 매우 중요하기 때문에 의사선생님의 지시 없이(괜찮아졌다고) 끊으면 절대로 안 된다는 사실을 알게 되었다.

약물치료는 증상을 없애는 것이 목표이기도 하지만 정상 상태를 유지하는 것이 중요하기 때문에, 당장 좋아졌다고 해서 약을 끊으면 재발하기 쉽다. 두어 번 재발하기 시작하면 그 이후부터 재발률이 매우 높아지고, 재발할수록 상태가 안 좋아져 위험해진다.

"병원에 처음 가서 자율신경계 검사 결과를 들었을 때, 그때 나 스스로에게 너무 미안했어. 줄곧 스스로를 원망하고 질책해왔는데 실은 내 몸이 아팠었다는 걸 깨달은 거지. 일기장에 "나는 쓸데없는 사람이다. 나는 쓸모없는 사람이다. 나는 돈을 받고 일할 만한 가치가 없는 사람이다."라는 말만 빼곡했었거든. 사실은 몸이 이렇게까지 망가져서 공부도, 일도 제대로 못했던 건데 스스로에게 부족하다고 질책만 했던 거였어."

정신과에 갔던 사실을 나중에 알게 된 엄마는 왜 그런 걸 상의도 안 하고 갔느냐, 의지로 이겨내지 않고 왜 병원부터 갔느냐, 안 좋은 기록이 남으면 어쩌려고 그러느냐면서 화를 내셨다. 그때 포로리는 엄마에게 이렇게 말했다.

"엄마, 그건 다리가 부러졌는데 의지를 가지고 열심히 뛰어보라고 하는 거랑 똑같은 거야. 일단 뼈가 붙어야 뛰지."

포로리는 무엇보다 약물치료에 매우 만족하고 감사해하고 있었다. 한 달 정도 복용하면 되찾을 수 있는 신체기능이었는데 1년 반 가까이 버틴 시간이 너무 아까웠다. 우울증으로 감정에 매몰돼 우유부단해지고 판단력이 흐려졌던 시간들이 너무 길었다. 병원을 좀 더 미리 찾았더라면 더 나은 방식으로 그 시간들을 보냈을 텐데.

"아마 지금 이 순간에도, 삶의 기로에 놓여 있는 사람들이 많을 거야. 어쨌든 이 사람들이 죽음을 선택하지 않게 해야 하잖아. 약을 처방받는 것을 적극적으로 추천하고 싶어."

마음의 건강을 되찾은 포로리는 현재 심리학 대학원에 진학해 공부하며, 다른 사람들의 마음을 치료하는 분야에서 일하고 있다.

4

우울이 삶을 덮쳐도 — 차마 병원을 찾지 못한 이유

"책이나 미디어에서는 우울증에 완치가 없다고 거의 단언하잖아요. 병원에 간다는 건 내가 내 병을, 그러니까 우울증을 인정하는 건데 그 순간부터 영원히 낫지 못하는 병을 안고 살아가야 할 것 같은 느낌이 드는 거예요. 혹 다 낫더라도 그 꼬리표를 계속 달고 살아야 하니까."

우울과 그로 인한 괴로움을 토로한 사람들에게 “병원에 가 본 적이 있나요?”라고 묻자 59.9퍼센트가 “가봤다.”고 답했다. 나머지 40.1퍼센트의 사람들은 우울한 상태를 ‘병’으로 심각하게 인식하고 나서도 병원에 가지 못한 것. 물론 우리는 자라면서 생겨난 사회적인 여러 잣대로 ‘정신과’ ‘심리상담’ 같은 단어에 매우 부정적인 의미를 부여하는 경향이 있다. 배가 아프면 당연히 내과에 가고 팔이 부러지면 정형외과에 가는데, 마음과 정신이 아플 때 정신의학과에 가는 것은 몇 번이고 망설이며 꺼려한다.

그 마음이 충분히 이해가 가면서도 깊은 의문이 들었다. 왜 그토록 병원에 가기 힘든 걸까? 이렇게 괴로운 상태를 참아가면서까지 뭐가 두려운 거지? 오로지 사회적인 시선 때문일까?

두려움을 이겨내기 위해서는 그 두려움을 받아들이고 분해해 실체를 직면할 필요가 있었다.

현경 작가의 소개로 만나게 된 '자원' 님은 오랜 시간 본인이 우울증이라는 것을 확신하면서도 병원에 가지 못한 케이스였다. 우울증 치료를 오래 받아온 현경 작가와 스스로 치료를 거부해온 자원 님과 함께 이야기를 나누기로 했다. 그들의 이야기를 좀 더 깊이 있게 들어보기로 한 것. 카메라를 켜두긴 했지만, 와인 잔을 가운데 두고 편안한 분위기에서 수다 떨 듯이 이야기를 시작했다.

우울이 삶을 덮친 후

"병원에 가서 진단을 받은 건 아닌데, 시간이 지나면서 확신했어요. 매스컴에서 얘기하는 우울증의 증상과 또 우울증을 겪고 있는 사람들 인터뷰 내용을 보면 상태가 저랑 되게 비슷했거든요. 그리고 무엇보다 이전의 나와 지금의 내가 다르다는 느낌을 받으면서 스스로도 '내가 지금 정상이 아니구나.' 하는 생각이 들었어요. 진단을 받지 않아도 알 수 있었어요. 우울증이란 걸."

자원 님에게는 외부적인 사건이 계기가 되었다. 그렇게 찾아온 우울은 자원 님의 모든 생활을 빼앗았다. 낯가리는 성격

“

배가 아프면 당연히 내과에 가고 팔이 부러지면 정형외과에 가는데, 마음과 정신이 아플 때 정신의학과에 가는 것은 몇 번이고 망설이며 꺼려한다.

”

도 아니고 새로운 사람들을 만나는 것도 좋아했지만 그 이후로는 사람들 만나는 게 진절머리 나게 싫어졌다. 새로운 사람뿐만 아니라 친했던 사람들에게도 연락이 오는 게 싫었다. 혼자 있고만 싶었다. 그리고 계속 잤다. 자면 아무 생각 안 해도 되니 그게 가장 좋은 상태였다.

학교도 안 가기 시작했고 부모님께 자퇴하고 싶다고 말씀드렸지만 반대하셨다. "지금까지 잘해왔는데 갑자기 왜 그러냐. 남들 다 하는데 너만 왜 유난이고 예민하게 구냐."라는 모난 말만 돌아왔다. 상처를 받고 그 후 무기력이 더욱 심해졌다. 상태가 심각해지자 부모님은 그제야 1년의 휴학을 허락하셨다.

"복학 후 어느 날 아침, 문득 이렇게 살면 안 되겠다 싶어 현경 작가님께 연락을 했어요. 저 상황이 이렇게 안 좋은데, 그래서 병원에 가봐야 할 것 같은데 정보가 너무 없다고. 도와주실 수 있냐고. SOS를 친 거죠."

자원 님의 상황을 익히 알고 있던 현경 작가는 하루라도 빨리 병원을 가보라고, 가도 괜찮다고 격려하고 조언했지만 그럼에도 자원 님은 아직까지 병원에 가지 못한 상태다.

왜 병원에 못 가는 걸까?

경제적 이유

"솔직히 금액이 부담스럽긴 해요."

자원 님은 경제적인 부담을 맨 처음으로 꼽는다.

"처음엔 한 번 가는 데 10만 원 정도 드는 줄 알았어요. 이젠 그 정도로 비싸지 않다는 건 알고 있지만 그래도 여전히 저한테는 큰 금액이죠. 물론 비싸도 가야 하면 가야 되는데 몇 번을 가야 할지 모르니 얼마가 들어갈지 감도 안 오고, 무엇보다 그 돈을 들여서 정말 괜찮아질까 하는 의문이 커요. 그러니 선뜻 지불하지 못하겠고 그래요. 감기약이나 피부약 이런 건 겉으로 효과가 드러나잖아요. 근데 이건 정서적인 거니까. 혹시 그다지 몸에 작용하는 것도 없는데 그냥 내가 위안을 삼아서 괜찮아지는 건 아닐까. 괜한 돈을 쓰는 게 아닐까 반신반의하는 거죠. 계속."

결국 경제적으로 부담을 느끼는 것의 근본에는 '마음이 약으로 진짜 치료가 되는가.'에 대한 의문과 의심이 깔려 있었다. 현경 작가도 덧붙인다.

"저도 처음에는 약을 먹는 것에 대해 고민했는데, 의존하게 될 것 같기도 하고. 걱정되잖아요. 그런데 약물치료를 시작하고 드라마틱한 효과를 봤어요. 우울증은 정서적인 차원을 넘어 호르몬이 작용하는 거니까. 생리학적으로 큰 변화가 생겨요. 약물치료를 하고 2~3주 주기로 병원을 방문했는데, 매번 2만 원대의 진료비와 약값이 발생했어요."

주변 사람들의 시선

사실 더 큰 걱정은 가족과 주변 사람들의 시선에 있었다. 자원 님에게는 여섯 살 어린 동생이 있는데, 부모님보다 그 동생이 마음에 더 걸렸단다. 언니가 우울증이라면서 약을 먹는 모습을 본다면 어린 동생이 혹시라도 안 좋은 영향을 받진 않을까 걱정했다. 현경 작가도 이와 비슷한 경험을 가지고 있었다.

"하긴 저도 병원에 '실려' 가기 전까지는 가족들이 상담 받는 것조차 반대했어요. 네가 정신병자냐면서…."

자원 님은 친구들이 어떻게 볼까도 걱정됐다. 우울증 약은 식후에 꼭 먹어야 하는데, 행여 친구들이 '너 무슨 약 먹어?'라고 물을까 봐 숨어서 먹거나 피임약을 먹는다고 말하기도 했다.

"제가 이걸 겪기 전의 일인데요…. 친한 동생이 무슨 약을 먹기에 물었더니 정신과 약이라고 했었어요. 그때 그 친구한테 했던 말이 요즘 자꾸 맴도는 거예요. 약 먹을 만큼 그렇게 힘드냐고. 그런 약 계속 먹으면 내성도 생기고 부작용도 생기는데 계속 약에 의존하는 건 좋지 않다고. 쥐뿔도 모르면서 그런 말을 잘도 했던 거죠. 그 친구는 그 약이 마지막 희망이었던 걸 수도 있는데…. 우울을 겪고 있는 사람과 그 밖에 있는 사람의 온도차가 이렇게 크다는 걸 몰랐어요."

현경 작가도 상처받았던 경험을 털어놓았다. 양극성장애(조울증)인 현경 작가는 조증 상태에서는 3~4일 밥도 안 먹고 잠도 안 자고 계속 일할 수 있었는데, 그 모습을 본 친구가 "너 진짜 우울증이야? 우리 모두 합친 거보다 지금 더 잘하고 열심히 하는데?"라고 말했다. 그런 말들은 고스란히 상처가 됐다.

"차라리 나한테 말 안 걸었으면 좋겠다 싶었어요. 정말 친한 친구들은 정작 말을 아끼는데 꼭 안 친한 애들이 한마디 더 얹잖아요. 알지도 못하면서…."

우울증 병력에 대한 두려움

또 자원 님은 행여 우울증 상담, 정신과 치료 기록이 취업이나 결혼 같은 인생의 중대사에 발목을 잡지는 않을까 두려웠다. '내 인생의 얼룩으로 남아 죽을 때까지 따라다니면 어쩌지?' 다른 신체질환이나 장애에 비해 정신질환을 특별히 무겁고 이상하게 보는 시선들이 신경이 쓰였다.

"책이나 미디어에서는 우울증에 완치는 없다고 거의 단언하잖아요. 병원에 간다는 건 내가 내 병을, 그

“

상담을 통해 내가 어떻게 대처해야 하는지를 알게 됐달까. 가령, 이런 일들은 병원에 가야 하고, 이런 일들은 포기해도 괜찮고 그런 것들. 또 너무 완벽하지 않아도 괜찮다는 말을 들었을 땐, ‘아차!’ 하고 깨닫게 되더라고요. 나는 대충 하고 빨리 한다고 생각했는데 사실 난 완벽주의자였구나. 그래서 힘들었구나. 이런 걸 되짚어주고 알게 해주는 게 상담의 역할이라는 거예요. 날 한 방에 낫게 해주는 만병통치약 같은 게 아니라.

”

러니까 우울증을 인정하는 건데 그 순간부터 영원히 낫지 못하는 병을 안고 가는 느낌이 들었어요. 혹은 다 낫더라도 그 꼬리표를 계속 달고 살아야 하니까."

정신과 치료/상담에 대한 불신

자원 님은 앞서 약물치료에 대해 반신반의하고 있었는데, 상담치료에 대해서도 마찬가지라고 했다.

"친구들이나 주변 사람들, 하물며 내가 나 스스로한테도 충분히 할 수 있는 말을 해주지 않을까요? 힘들다고 하면 상담선생님이 '정말 많이 힘드셨겠네요.' 위로하는 게 저한테 도움이 될까 싶었어요."

상담치료 경험이 있는 현경 작가도 처음에는 구체적인 솔루션과 결론을 원했다고 했다. '이렇게 하면 괜찮아질 거예요. 저렇게 하면 나아질 거예요.' 같은 말들을 바랐다.

"그런데 상담선생님의 역할은 그런 게 아니거든요. '지금 내가 왜 이렇게 됐을까.'에 대해 나와 이야기하면서 찾는 거. 상담을 통해 내가 어떻게 대처해야 하는지를 알게 됐달까. 가령, 이런 일들은 병원에 가야 하고, 이런 일들은 포기해도 괜찮고 그런 것들. 또 너무 완벽하지 않아도 괜찮다는 말을 들었을 땐, '아차!' 하고 깨닫게 되더라고요. 나는 대충 하고 빨리 한다고 생각했는데 사실 난 완벽주의자였구나. 그래서 힘들었구나. 이런 걸 되짚어주고 알게 해주는 게 상담의 역할이라는 거예요. 날 한 방에 낫게 해주는 만병통치약 같은 게 아니라."

정보 부족

현경 작가는 치료를 받기로 결심했다고 해도, 정작 어디로 가서 어떻게 해야 할지 알기 어렵다고 했다.

"사람에 따라 정신과를 갈 수도 있고, 상담시설에 먼저 가야 할 수도 있거든요. 상담시설에 갔다가 오히려 상처받았다는 분들도 있고, 병원에서 하는 약물치료가 너무 힘들었다는 분들도 있으니까요. 정신과 중에서도 어떤 병원은 어떤 질환을 더 크게 다루고, 상담과 약물 비율이 어떻게 이뤄져 있고 이게 다 다른데 정보 공유가 잘 안 돼요. 이런 것에 대해 다양한 정보를 알려주는 기관이나 서비스가 필요해 보여요."

A상담센터에 갔는데 안 맞으면, B상담센터로 가면 되는데 '아, 나는 안 되는구나. 내가 큰 문제구나. 난 치료도 안 될 정도로 안 좋구나.'라고 생각해버리면 문제가 더욱 커진다. 정신질환은 당장 죽을 수도 있는 문제라, 생명을 위협하는 다른 심각한 질환과 거의 같다고 볼 수 있다.

"사실 성형외과, 피부과 정보는 많이 공유되잖아요. 근데 '언니 공황장애 어디서 치료했어요?' 뭐 이런 거 물어보는 것도 좀 이상하고, 듣는 사람 입장에서도 당황하게 되니까 입소문 같은 것으로도 정보 얻기가 어려운 것 같아요."

병원에 못 가는 이유를 찾다가 밤을 샐 수도 있을 것 같았다. 그만큼 우리가 병원에 가기까지 정말 많은 장애물이 있었다. 하지만 각각의 문제들을 좀 더 취재하면서 우리는 여기에 한 가지 항목을 더 추가하고 싶었다. 결국 병원에 가지 못하게 발목을 잡는 건 바로 '나 자신'이 아닐까.

여기서 우리는 우울하지만 병원에 가지 못하고 있는 '수많은 사람들'이 있으며, 이들에게는 병원에 가지 못하는 '수많은 이유'가 있다는 현상을 인지하는 데서 출발하기로 했다. 그리고 앞으로의 취재에서 그 이유를 하나하나 따져보고 대안을 모색해보기로 했다.

5

정신과에 가려면 — 돈이 많이 들지 않나요?

“체력을 기르고 멋진 몸을 위해서라면 우리는 비싼 PT도 마다하지 않고 받는다. 그렇다면 이를 마음에 적용해보는 것은 어떨까. 건강하고 단단한 마음을 위해 여건이 허락하는 한에서 투자를 할 수 있다면…. 혹시 조금이라도 저렴하게 상담치료를 받을 수 있는 방법은 없을까?”

‘정신과 가격’ ‘정신과 상담 금액’ ‘우울증 상담센터’ 이런 검색어를 포털에 검색해보는 것마저도 사실 망설여진다. 내 검색 기록은 나만 볼 수 있는 것인데도, 누군가에게 들킬 것 같아 주변을 살핀 적도 있다. 그럼에도 감이 정확히 오지 않는 현실적인 숫자를 알고 싶어 용기 내 검색해보면, 왜 그렇게 ‘카더라’ 정보만 줄줄이 뜨는지. 그렇다고 막상 직접적으로 전화를 해서 문의해보려고 해도, 어디를 표본으로 해야 할지도 모르겠다. “상담 한 번 하는 데 얼마나 드나요?”라고 물어보면 되는 걸까?

병원에 가는 비용은 가장 커다란 장애물이자 만만한 핑계다. 비용에 대한 정확한 정보만 있어도 병원까지 가는 허들이 하나는 줄어들 것 같았다.

마음의 문제를 겪을 때 치료 받을 수 있는 두 가지 루트는

'정신과 병원'이나 '심리상담센터'를 방문하는 것이다. 사실 우리도 취재 전까지는 '병원'과 '상담센터'의 차이를 정확히 잘 몰랐다. 쉽게 구분하자면, 병원은 의료기관으로서 의사가 약물 처방을 통해 물리적인 치료를 중심으로 진료하는 곳이고, 상담센터는 자격증이 있는 심리상담사가 상담을 통해 인지행동치료를 진행하는 곳이다. 어디가 더 낫다고 말할 수는 없고, 철저하게 개인의 상황과 성향에 따라 선택지가 달라진다고 볼 수 있다.

정신과도 의료기관, 의료보험이 적용된다

흔히 정신과로 알고 있는 병원의 정식 명칭은 '정신건강의학과'이다. 몸이 아플 때 동네에 있는 병원을 먼저 방문하고 심각한 경우 의사의 소견에 따라 종합병원이나 대학병원을 가는 것처럼, 정신과도 우선은 가까운 동네 병원을 찾는 것이 좋다. 비용도 더 저렴한 편이다.

많은 사람들이 '정신과는 비싸다.'고 생각하지만 이곳 역시 엄연한 의료기관이므로, '의료보험'이 적용되어 실제 다른 병원과 비교해 부담이 큰 편은 아니다. 그런데, 프로젝트를 진행하며 취재한 결과 최근 환자가 부담해야 하는 정신의학과 진료비에 변화가 있었다. 2018년 7월 1일부터 진료비 체계가 바뀐 것이다. 실제로 상담에 대한 수가(병원에서 받는 비용)는 오른 반면,

정신의학과 진료시간에 따른 진료비 체계

	10분 이하	10분~20분	20~30분	30~40분	40분 이상
수가 (병원 수취)	13,630	27,220	44,510	63,240	83,860
환자 부담	10~20%				

(출처: 보건복지부, 단위: 원)

환자 부담 금액은 떨어졌다. 환자가 정신과전문의로부터 검사나 처방 등을 제외한 상담만 30분 받을 경우 약 7,700원, 50분 상담을 받는 경우 1만 1,600원 정도가 발생한다. 여기에 접수비 등이 약간 발생할 수 있다.

병원에 가면 먼저 간단한 검사와 면담을 통해 진단을 받는다. 여기서 더 심각한 문제가 예상된다 싶으면 정밀 검사에 들어가는데, 이때 10~30만 원의 비싼 검사 비용이 발생할 수 있다. 하지만 모든 내원 환자가 이러한 검사를 받는 것은 아니다. 다른 과 진료를 생각했을 때 심각한 병이 감지된 경우에만 환자에게 CT촬영이나 MRI와 같은 정밀 검사를 권하는 것과 같은 맥락이다.

처방받게 되는 약 역시 의료보험이 적용되어 감기약이나 위장약을 받을 때와 금액이 비슷한 수준이다. 개인차, 병원차가 클 순 있는데, 한 약물치료 사례를 보자면 초진 이후 9개월간 약물치료를 진행한 경우 월 2회 정도 병원을 방문하여 약을 처방받았고 월 4만 원 정도의 비용이 발생했다. 즉 내과, 치과 등과 다를 바 없는 진료비다.

사실 상담센터보다 병원이 더 비쌀 것이라는 편견을 가진 사람들이 많지만, 결과적으로 의료보험은 병원만 적용되기 때문에 평균 금액을 놓고 본다면 병원이 더 저렴하다. 다만 병원은 상담보다 약물치료에 중점을 두고 있어, 의사와 면담시간은 짧다.

심리 치료를 받을 수 있는 여러 가지 방법

심리상담센터는 처음 접수면담에서 MMPI와 같은 대표적인 심리검사를 포함하는데, 대개 별도의 비용이 발생하지는 않는다. 이 단계에서 나와 선생님의 합이 맞는지, 계속 상담치료를 할지 결정할 수 있다.

다만, 심리상담센터는 의료보험이 적용되지 않기 때문에 병원 진료비보다는 비싼 편이다. 상담은 1회에 50분 정도 이루어지고 1급 전문가에게 받는 1회당 심리상담비는 5~10만 원 선, 이름이 알려진 곳들은 10~20만 원 선이었다. 온라인상으로는 가격정보를 공개해놓은 곳이 거의 없어 여섯 곳의 상담센터에 직접 전화를 해 가격을 문의했다.

각각 1회당 심리 상담비는 낮은 가격부터 4만 원, 5만 원 그리고 8만 원이 두 곳, 10만 원이 두 곳이다. 4만 원으로 가장 저렴한 금액의 센터는 수련생이 상담을 진행하는 과정으로, 이보다 더 저렴하게 할 수 있는 과정도 있다. 5만 원인 곳은 10회 단위로 신청해야 하는 조건이 있다.

온라인 서비스로 상담선생님을 찾는 방법도 있다. 숨고(http://www.soomgo.com)라는 사이트에 심리상담 영역이 있는데, 이곳에 상담이 필요하다고 올려두었더니 곧바로 다섯 분의 상담사에게 연락이 왔다. 실제로 포털에서 검색됐던 상위 병원들보다 저렴한 비용이었다. 리뷰도 상당수 달려 있어, 각각의 선생님이 어떤 스타일인지도 사전에 알아볼 수 있어 신뢰가 갔다.

치료를 위해서는 일반적으로 10회 정도 상담을 진행한다. 앞서 문의해본 여섯 곳을 기준으로 보자면, 제대로 된 치료를 경험하기 위해 10회 기준 50~100만 원 정도의 비용이 들어간다는 셈이 나왔다. 결코 적은 금액은 아니었다.

더 저렴하게 상담치료를 받는 방법은 없을까

대학 시절, 교내상담센터에 다녔던 적이 있다. 비용은 회당 몇 천 원 정도였고, 총 10주 동안 방문했다. 사실 당시에는 다른 친구들이 아는 것이 싫어서 몰래 몰래 들어가곤 했다. 후에 알고 보니 우리 대학 심리학과는 검증받은 유명한 학과이기도 하고 또 교수님의 지도 아래 수련생들이 철저한 프로그램으로 운영하고 있었다. (지금 생각해보면 더 받을 걸 그랬나 싶다. 나의 마음에 취약한 부분을 더 세심하게 알고 내가 그것을 현명하게 다룰 줄 알았다면, 더 건강한 학생시절을 보냈을 텐데….) 혹, 대학생이라면 교내 상담센터를 한번 방문해보길 적극적으로 권한다. 저렴한 비용으로 지속적인 상담치료를 받을 수 있는 좋은 방법이다.

다른 방법으로는 국가에서 운영하는 '정신건강증진센터'를 찾는 것이다. 서울시의 경우 블루터치(www.blutouch.net)라는 사이트를 운영하고 있다. 정신건강증진센터는 구 단위로 운영되고 있기 때문에 나와 가까운 곳의 정보를 찾아보는 것이 유용하다. 예를 들면, 마포구 정신건강복지센터(https://www.mapomhc.org/)에는 다양한 심리건강 관련 강의와 현재 심리상담 프로그램 등이 운영되고 있다. 상시 전화로 예약하면 무료로 상담할 수 있다.

만 24세까지는 청소년상담복지센터에서 상담을 받을 수 있는데 1회 1만 원으로 비교적 저렴한 가격이다. 전화 1388로 신청할 수 있다. 다만 국가기관의 경우, 상담을 받기까지 대기해야 하는 경우도 있다.

마음도 퍼스널트레이닝이 필요하다

체력을 기르고 멋진 몸을 위해서라면 우리는 비싼 PT도 마다 않고 받는다. 결코 적은 금액이 아님에도 그럴 만한 가치가 있다고 믿기 때문이다. 이를 마음에도 적용해보면 어떨까. 건강하고 단단한 마음을 위해 돈과 시간을 투자하는 노력, 물론 이런 여건이 모든 이에게 허락하지 않는 것이 사실이다.

그럼에도 우리는 상담의 힘이 생각보다 강력하다는 것을 이야기하고 싶다. (이 프로젝트를 진행하며 수없는 취재 과정에서 나 스스로 깨달은 점이다. 아마 독자분들도 이 책 속 많은 내담자들과 전문가들의 의견을 따라가다 보면 이 말의 의미를 깨닫게 되시리라 믿는다.) 정신과 내원의 경우, 의사와 내 상황을 지속적으로 논의하고 개선해나가는 데 한계가 있다. 병원은 현재 내 마음이 괴로움을 앓고 있는 원인보다는, 그것이 초래한 신체적인 결과에 집중한다. 그렇기 때문에 호르몬 상태와 신체의 균형을 약물로 원상복귀 시키는 데 중점을 두는 편이다.

한편 상담의 경우, 내가 겪고 있는 문제와 그것을 다루는 방식, 내 사고방식의 패턴을 집중적으로 파헤친다. 그렇다고 해서 상담자가 내 문제를 분석하고 결과를 내어 딱 떨어지는 솔루션을 제공하는 것은 아니다. 그보다 스스로 문제를 인지하고 개선할 수 있도록 안내한다. 이것은 나의 사고와 감정의 근육을 길러주는 작업이다. 외부적인 상황이 다시 도래해 나를 괴롭히더라도, 스스로 대처할 수 있는 힘을 기르는 것이다. 그렇기 때문에 당장의 정신적, 신체적 불편함을 약물치료로 진정시키는 것에 비해 시간은 더 걸리지만, 궁극적이고 본질적인 치료방식이라는 생각이 든다.

물론, 이 두 가지 치료방식은 '둘 중 하나 고르기'와 같은 대체재가 아니라 상호보완재이다. 개인적으로 병원이 건강을 잃고 가는 곳이라면, 심리상담센터는 건강을 잃기 전에 지켜주는 곳이라고 생각한다.

또 약물치료를 통해 신체 증상 등에 효과를 본 후, 일시적으로 혹은 잠정적으로 잔잔해진 몸과 마음을 위해 상담치료를 추후 진행하는 것도 좋은 방법 중 하나다. 부러진 다리뼈를 붙인 후, 물리치료를 통해 다리의 힘을 길러주고 잘 걷기 위한 트레이닝을 하는 것과 같은 방식이다. 이렇게 두 가지 치료방식의 이점과 자신에게 맞는 부분을 파악하여 치료를 진행할 수 있다.

이는 분명, 비용 문제만큼이나 치료를 '시도'하는 용기가 절실하게 필요한 부분일 것이다. 우울이 극심한 사람일 경우, "내가 그걸 몰라서 가지 못한 게 아니라, 알면서도 가고 싶지 않아서 치료받지 못하는 것."이라고 말하는 사람이 대다수이기 때문이다. 단, 조금이라도 개선의 여지가 마음속에서 피어오를 때, 결코 '비용' 문제 등의 정보 부족으로 주저하는 일이 생기지 않길 바란다. 치료로 가는 수많은 장애물과 우리 안의 편견을 하나씩 걷어내는 것이 결국 가장 중요한 일이 아닐까.

"

상담사는 내 문제를 분석하고 딱 떨어지는 솔루션을 제공하는 사람이 아니다. 스스로 문제를 인지하고 개선할 수 있도록 안내하는 사람이다. 이것은 나의 사고와 감정의 근육을 길러주는 작업이다. 외부적인 상황이 다시 나를 괴롭히더라도, 스스로 대처할 수 있는 힘을 길러주는 것이다.

"

6

우울증 기록,

내 인생에 꼬리표처럼 따라붙으면 어쩌지

"내원 기록은 병원 소유에요. 그러니까 의사가 환자에 대해 쓴 이야기잖아요. 마치 누군가의 초상화를 그렸을 때 그 저작권이 화가에게 있는 것과 같아요. 그렇기 때문에 의무 기록을 공개하는 데 있어 의사들은 매우 폐쇄적이라고 생각하시면 됩니다. 그러니 공개하거나 공유하는 것은 어렵죠."

정신과 가는 것이 두렵고 꺼려지는 다른 이유 중 하나는 '기록이 남는 것'에 대한 걱정이다. 결혼을 하거나, 취직을 할 때 서류상에 남아 있는 정신과 진료 기록이 혹시라도 나에게 불리하게 작용하진 않을까, 혹시 평생 꼬리표처럼 따라붙진 않을까 우려되기 때문이다.

이에 대한 잘못된 오해와 정확한 사실을 알기 위해 정신의학과전문의와 S생명 보험설계사 그리고 K기업 인사팀과 함께 이야기해보자.

Q. 정신과 내원 기록은 조회가 가능한가요?

A. 정신의학과전문의 병원의 의무 기록 기간은 법적으로 10년입니다. 10년 이내에 폐기할 순 없지만 10년 이상 보관하는 건

가능하죠. 대학병원 같은 경우는 기록이 워낙 많으니까 매년 폐기할 수도 있지만, 개업한 지 얼마 안 되는 개인병원의 경우 10년 이상 자료를 찾아서 버리는 일이 더 번거롭기 때문에 그냥 계속 두는 경우도 많습니다. 중요한 건, 그 해당 병원에만 기록이 남아 있는 것이지, 결코 외부로 유출되지 않는다는 거예요.

A. 정신의학과전문의 사람들은 대개 내원 기록을 본인들의 개인정보라고 생각하지만, 사실 그건 병원 소유에요. 내가, 그러니까 의사가 그 환자에 대해 쓴 이야기니까요. 마치 누군가의 초상화를 그렸을 때 그 저작권이 화가에게 있는 것과 같아요. 그렇기 때문에 의무 기록을 공개하는 데 있어 의사들은 매우 폐쇄적이라고 생각하시면 됩니다. 그러니 공개하거나 공유하는 것이 어렵죠. 회사나 학교, 가족을 포함한 제3자가 정보를 열람한다는 것은 사실상 불가능해요. 본인 동의가 확인되지 않는 이상, 가족증명서를 가져온다고 한들 열람할 수 없는 게 사실이죠.

흔히 국민건강보험에서도 진단 기록에 대한 접근은 불가능하다. 포털을 보면 "나는 부모님 밑으로 의료보험이 되어 있는데, 정신과 진료를 받으면 부모님이 알게 되나요?"라는 질문이 많았는데, 이 역시 당연히 불가능하다. 실제로 내원 사실이 부모님께 밝혀지는 경우는, 부모님 카드를 사용하거나 문자 메시지 전송이 잘못된 경우다.

Q. 병원 기록 때문에 불안해하는 사람이 많나요?

A. 정신의학과전문의 그럼요. 내원 기록이 공개될 거라는 불안감에 의료보험 처리를 하지 않고 일반 처리 해달라는 환자들이 많습니다. 이렇게 처리되면 병원비가 훨씬 비싸지고, 결국 본인 부담이 되니까 진료를 받으러 오기 더욱 힘들어져요.

사실, 의사나 교사, 경찰, 법조계 혹은 그쪽 연수원에 다니고 있는 사람들도 정신과를 많이 찾고 있어요. 그만큼 이제 사회적으로 이런 정보를 함부로 캐낼 수 없는 상황으로 흘러가고 있다고 보입니다. 조만간 법이 바뀌어서 향정약품을 처방할 때는 무조건 고지를 해야 합니다. 보험 처리를 안 해도 약물을 쓰면 시스템에 고지를 피할 수 없는 상황이 된 거죠…. 앞으로 제도적으로나 기술적으로 더 많이 기록, 관리될 것으로 보여요. 하지만 진료 기록만큼은 의료계의 폐쇄적이고 보안된 시스템 내에서 보관되고 유출되지 않도록 신뢰해줘야 한다고 생각합니다.

오늘날 정보 노출에 대한 염려는 병원에 대한 불신과 같은 것입니다. 그것은 어쩌면 진료를 방해하는 핑계에 불과하고 병원에 간다는 자체, 약을 먹는다는 자체에 마음이 열려 있지 않다는 뜻이 아닐까요.

Q. 우울증 진단을 받은 사람은 보험 가입이 안 되나요? 처방되는 약도 기록에 남잖아요. 보험사에서 처방전을 조회해보

“

병원 정보는 개인 정보가 아니라 병원 소유에요. 의사가 환자에 대해 쓴 이야기니까요. 마치 누군가의 초상화를 그렸을 때 그 저작권이 화가에게 있는 것과 같아요. 그렇기 때문에 의무 기록을 공개하는 데 있어 의사들은 매우 패쇄적입니다.

”

고 정신과 처방약을 먹었다는 게 알려지면 보험 가입이 어려울 것 같은데요….

A. 보험설계사 보험사는 병력 및 처방 기록에 접근이 원천적으로 불가능합니다. 따라서 내원 여부, 처방전 등을 확인할 수 없습니다. 보험 가입할 때 구두로 물어보고 병력이 있다고 하면 관련 서류를 요청하는 식입니다. 피보험자에게 고지의 의무가 있을 뿐입니다.

Q. 하지만 '병력을 고지할 의무'에 대해 망설여지는 것이 사실입니다. 차라리 미리 이야기하는 게 나을까요?

A. 보험설계사 다시 이야기하지만, 내원 기록이나 처방 기록은 공유되지 않습니다. 물론 보험설계사들이 물어보겠죠. 병원에 간 적 있냐고. 거기서 "예."라고 하는 그 순간 기록이 되는 거예요. 그건 보험사의 내부 기록이에요. 보험사 안에서 돌 수 있는 정보거든요. 경제적 보험을 보장받기 위해 개인정보를 노출하게 되는 거죠.

실제로 설계사가 알 방법은 없으니 고지하지 않는 것도 방법입니다. 혹은 설계사에게 솔직하게 논의를 하면 어떻게든 보험에 가입할 수 있도록 팁을 알려줄 수도 있고요. 보험 가입 후 기존에 치료받았던 병원에 다시 가지 않으면, 과거 병력을 알 수 있는 방법이 전혀 없습니다. 보험 가입 후 3년이 지나면 고지의 의무가 소멸되기 때문에 그 이후에는 병원에 가는 것이 문제가 없을뿐더러 오히려 보장받을 수 있고요.

덧붙여 이미 보험에 가입해둔 사람들이라면, 굳이 이 문제를 걱정하지 않고 병원에 가도 됩니다. 하지만 앞선 것과 비슷한 이유로 정신과 병력을 굳이 보험사와 공유하고 싶지 않다면, 보험비용을 청구하지 않는 것이 좋습니다.

Q. 보험설계사에게 우울증 진단 병력을 공유하면, 어떤 불이익이 생기나요?

A. **보험설계사** 보험 가입 상담 시에 쓰는 문진표에 우울증 병력 정보를 입력해보면, 답변의 정도에 따라 '보험가입 거부' '서류 보완'등 요구사항 상태창이 뜹니다. 이 경우, 서류 보완이 된다고 해도 보험료는 더 비싸게 책정됩니다. 좀 억울할 순 있지만, 다시 생각해보면 사실 다른 질병도 마찬가지입니다. 디스크나 다른 기저질환을 가지고 있는 경우도 관련 서류를 요청하거나, 접수가 되더라도 보험료가 오르죠. 보험의 원리를 생각해봤을 때, 병력으로 리스크가 높으면 보험비가 높아진다고 보시면 됩니다.

Q. 취업할 때 악영향이 있는 건 아닐까요? 채용과정에서 정신과 병력을 열람하거나 참고하나요?

A. **대기업 인사팀** 우선 개인적으로 병원에 가서 진료를 받았던 기록을 저희가 볼 수 있는 권한이 없고, 회사에서 조회할 방

법도 없습니다. 합격 후에도, 주민번호를 수집하여 4대 보험에 가입하지만, 병력에 대한 접근은 불가능합니다.

Q. 그렇다면 혹시 인적성이나 신체검사 과정에서 이 부분을 체크하기 위한 항목이 있나요?

A. K기업 인사팀 인성검사 항목이 있긴 하지만 이는 사회생활이 불가하거나 범죄자에 준하는 경우만 탈락시키는 매우 보수적인 개념입니다. 그 외에 입사과정에서 정신과 질환을 가졌는지 여부를 필터링하기 위한 장치는 별도로 없습니다. 업무를 하기에 적격인지에 대한 부분만 평가합니다.

Q. 취업난으로 인해 청년우울이 매우 심각한데요. 이를 계기로 장기적인 중증 우울에 빠지는 경우도 많습니다. 그런 청년들이 취업에 불이익을 받을까 봐 정신과에 가는 것을 꺼리고 있습니다. 어떻게 생각하세요?

A. K기업 인사팀 면접 같은 경우 면접관과 직접 만나야 하는 자리이기 때문에, 우울에 빠져 있을 경우 위축된 모습이나 자신감 없는 모습을 보이게 되면 오히려 그런 점이 불리할 순 있어요. 면접에서 미끄러지면 취업이 안 되고 그러면 더 위축되고 우울해지는 악순환이 반복되지 않을까요.

차라리, 병원을 방문하거나 혹은 상담을 통해 마음을 좀 더 보살피면서 자신감을 가지고 건강한 정신 상태로 지원하는 편이 더 좋지 않을까 생각합니다.

생각해보니 나도 당연히 병원끼리는 하나의 중앙서버 같은 것으로 환자들의 정보를 관리하거나 이를 공유하고 있다고 생각했다. 하지만 사실은 전혀 다르다. 내 병에 관한 데이터가 어딘가 큰 시스템 안에서 관리되고 있는 것이 아니라는 거다. 생각해보면 정신과가 아니더라도, 일반 병원끼리 서로 정보를 공유하는 방법이 여전히 아날로그적이라는 것을 경험을 통해 알고 있는데 말이다. 작은 병원에서 진료하다가 대학병원이나 큰 병원으로 옮겨갈 때 진료 기록을 우리(환자)가 직접 떼어가는 경우만 봐도 그렇다.

그럼에도 우리는 아주 작은 정보까지도 어디에서 어떻게 노출되고 있을지 모르는 불안감을 안고 살다보니, 병력조차 자기소개서 경력란처럼 어떤 리스트에 차곡차곡 기록되고 있다고 생각했었는지도 모른다. 이렇게 관련 분야의 전문가분들께 단도직입적으로 묻고, 그에 대한 분명한 대답을 듣고 나니 모호하고 막막했던 하나의 베일이 깨끗히 걷히는 느낌이 들었다. 오해를 풀었다는 시원함과 일종의 안도감도 함께 들었다.

우울의 끝에서 찬란한 사람들 3

따뜻하고 평화로운 곳, 폐쇄병동 이야기

어느 날 현경 작가에게 메시지가 왔다.

"저 폐쇄병동에 가요."

티는 못 냈지만 사실 깜짝 놀랐다. 얼마나 안 좋은 걸까. 앞으로 현경 작가를 보지 못하는 걸까? 차마 물어보기도 전에 현경 작가는 그 메시지만을 남기고 사라졌다.

2주 후, 그녀는 회복되어 돌아왔다. 병동에서의 2주를 고스란히 담은 한 권의 책까지 완성해서! 돌아온 현경 작가와 폐쇄병동 이야기를 나눠보기로 했다. 폐쇄병동 입원 경험이 있는 '민지' 님도 함께했다.

그곳은 조용하고 따뜻하고 평화로운 곳

현경 작가는 양극성장애, 즉 조울증을 겪고 있었다. 조울증은 기분이 올라갔을 때는 모든 것을 할 수 있을 것 같고 잠을 못 자도 일의 효율이 좋지만, 우울이 찾아오며 무기력함이 심해지면 아무것도 할 수 없다. 현경 작가는 이 우울의 상태가 싫어 술에 의존했다. 그런데 술을 마시니 자꾸 자살 충동이 들었다. 술이 깼을 때 동네 정신건강의학과를 찾았다. 의사선생님은 부모님을 모셔오라고 했다. 정신과 치료를 오래 받았지만 성인 내담자에게 부모님을 모셔오라는 경우가 거의 없기 때문에 좀 이상하다 싶었다. 부모님과 함께 갔더니 병원에서는 "자살 위험이 있으니 부모님이 계시는 본가에 가거나, 폐쇄병동에 들어가거나 둘 중 하나를 택하라."고 했다. 현경 작가는 폐쇄병동을 택했다. 의사선생님이 서울의 웬만한 대학병원에 다 전화를 돌렸지만 자리가 없다고 했다. 겨우 구해진 병원에도 다음 날이나 입원할 수 있었다. 우리가 잘 아는 큰 종합병원의 정신건강의학과 병동이었다.

민지 님은 몇 년 전, 자살을 시도했다. 그녀의 자살은 오랜 계획 끝에 이루어진 것이었다. 스스로 자살을 주체적인 죽음이라고 정의하고, 꼭 스물다섯 전에 죽겠다는 다짐을 오래전부터 했었다. 그리고 스물셋이 되어, 실제로 첫 자살을 시도했다. 애석하게도(?) 자살은 실패했고, 그녀는 응급실에서 위세척 후 비몽사몽간 눈을 떴다. 의사선생님은 그녀가 돌아가면 또다시 자살 시도를 할 거라고 생각했는지, 가족들에게 병동 입원을 권유했다. 그렇게 폐쇄병동으로 들어가게 되었다.

사실 폐쇄병동이라고 하면 '그것이 알고 싶다'에나 나올 법한 컴컴하고 열악한 시설의 무서운 곳을 떠올리기 쉽지만, 전혀 그렇지 않다고 그녀들은 입을 모아 말했다.

"오히려 조용하고 따뜻하고 평화로운 곳이에요."

대학병원이나 종합병원의 다른 병동처럼 정신건강의학과의 한 병동일 뿐인데, 다만 출입이 좀 더 제한적이고 대부분의 외부 자극이 차단되어 있다.

"폐쇄병동이라고 하면 환자들을 위험한 존재로 여기고 가둬 놓는 것이라고 생각하기 쉬운데, 오히려 사회가 그 사람들에게 위험해서 그들을 안전하게 보호하는 곳이라고 생각해요."

우리는 보호병동으로 불리는 게 더 좋을 것 같다는 데 함께 동의했다.

이곳의 가장 큰 특징은 자살의 모든 위험을 제거한다는 점이다. 샤워기만 해도 흔히 아는 방식이 아니라, 천정에서 물이 떨어지는 형태로 되어 있고, 창문에는 창살이 설치되어 있다. 물품도 제한된다. 수면용 안대 같은 것도 목을 맬 수 있기 때문에 반입이 불가하고, 유리로 된 화장품 병은 자해 위험성이 있으므로 안 된다. 색조화장도 할 수 없다. 스마트폰은 외부자극이 매우 크기 때문에 사용할 수 없다. 전화는 간호사들이 업무를 보는 스테이션 앞에 있는 공중전화를 이용하는데, 전화카드로도 자해를 할 수 있기 때문에 보는 데서 전화만 하고 돌려줘야 한다. 연락이나 면회도 가족으로만 제한된다.

거실에 유일하게 있는 TV에서는 계속 뉴스가 흘러나온다. 일상은 규칙적으로 흐르고 그만큼 무료하다고 한다.

"정시에 매끼 밥이 나와요. 밥 먹고 약 먹고. 준비된 활동은 흥미가 없고 너무 심심해서 병동 안을 계속 걸어 다녀요. 책은 책장에 많이 꽂혀 있기 때문에 책을 보거나 TV를 보거나…. 12시가 되면 점심을 먹고, 하루 한 번씩 주치의와 이야기를 나누고, 상담선생님이랑 상담도 하고 검사도 해요. 저녁을 먹으면 저녁 약을 먹는데, 약을 먹을 때는 생년월일을 말하고 이름을 말하고 입을 벌려서 삼킨 것까지 확인해야 잠을 자러 갈 수 있어요. 저는 약에 진정제가 포함되어 있었어요. 그래서 오늘은 진짜 잠이 안 올 거 같다고 생각한 날에도 잠이 금방 오더라고요. 잠을 잘 자고 일어나는 게 정신건강에 좋대요. 그래서 기본적으로 사람들이 숙면을 취할 수 있도록 약을 주는 거 같았어요."

강제적으로 건강한 생활을 해야 하는 게 쉽진 않았다. 술, 담배는 당연히 못했다. 담배를 못 피우니 정원에 나가 민트향을 맡으며 참았다. 햄버거를 먹고 싶은데 못 먹으니 힘들었다. 대신 규칙적인 생활을 하며 꾸준히 약을 먹으니 건강이 좋아지고 우울증은 자연스레 호전되었다.

현경 작가와 민지 님 모두 평화롭고 유유자적한 시간을 좋은 점으로 꼽았다. 어르신들이 많긴 하지만 누워서 휴식을 취해도 누구도 뭐라고 하지 않고, 좋아하는 노래를 흥얼거리고 있어도 아무도 '재 이상한 애다.'라고 생각하지 않는다. 예쁘게 꾸밀 필요도, 잘하려고 노력할 필요도 없는 시간이다.

폐쇄병동도 사람이 사는 곳이라

커피는 잠을 방해하기 때문에 하루 한 번 오전 10시 30분에만 마실 수 있다. 현경 작가가 있던 병동에선 그 커피타임에 병동 사람들이 함께 모여 과자도 나눠 먹으며 이야기를 나눈다. 누구는 자살 시도로, 누구는 우울증으로, 또 어떤 사람은 스트레스가 심해서 들어왔다고 했다. 어떻게 자살 시도를 했었는지를 이야기하는 게 아무렇지 않은 분위기다. 그런가 하면 어떤 사람을 보면서 '이 사람은 여기 왜 들어왔지?' 싶기도 했다. 그저 '정상'이라고 하는 병동 밖의 사람들과 다름없이 밝고 건강해 보이는 모습이었기 때문이다.

"혹시, 다른 사람들에게 해를 끼칠 것 같은 위험한 사람들은 없었을까?"

"음…. 처음에 들어갔을 때는 상태가 안 좋은 사람들이 보였어요. 제가 있던 병원에는 하루 종일 창밖을 보면서 영어로 소리치는 아주머니가 있었어요. "New York! Paris! Tokyo! Anywhere! Everywhere! GO AWAY!!" 막 이렇게 계속 외치면서 손가락질하는데, 저는 그분이 너무 무서운 거예요. '나를 해치면 어떡하지?' 싶었거든요. 그런데 하루는 제가 음악치료방에 피아노를 치러 갔는데, 제가 다가가자 방에서 소리를 지르고 있던 그 아주머니가 저를 무서워하면서 슬금슬금 피하더라고요. 그 순간 머리를 망치로 한 대 맞은 것 같았어요. 나는 저 사람을 무섭다고 생각하지만, 저 사람 역시 나를 무섭다고 생각할 수도 있는 거구나…. 이 병동을 통틀어 나만큼 제정신이고 이성적인 사람이 없다고 생각했는데, 정말 속된 말로 단단히 미친 거 같은 아주머니가 저를 피하니까…. 모든 편견이 싹 깨지는 느낌이었어요."

정말 다른 사람에게 피해를 줄 수 있는 사람은 1인실에 격리되거나 경호원, 간호사들이 항상 주시하고 있다고 했다. 하지만 딱히 남을 해칠 것 같은 사람은 보이지 않았단다. 현경 작가도 비슷한 경험담을 꺼냈다.

"덩치가 큰 남자분이 병동에 들어오셨는데 전 그분이 너무 무서운 거예요. 계속 피해 다녔죠. 그러다 새벽에 잠이 안 와서 스테이션에 갔는데, 그 남자분이 보호사에게 말을 걸고 있더라고요. 제가 보호사라면 무서울 것 같았어요. 덩치 큰 남자가 다가오니까. 남자분이 보호사에게 손을 내밀어보라고 했는데, 보호사가 손을 내미니까 사탕을 쥐어주는 거예요. 따뜻함이 느껴졌는데…. 그때 느꼈죠. 여기 있는 사람들 다 착하구나, 나만

화를 죽이고 잘 지내면 되겠구나."

아저씨들과 배드민턴도 치고 아주머니들과 간식도 나누어 먹고, 치매 할머니는 잘 챙겨드렸다. 또래를 만나면 더 반갑게 붙어 지냈다. 환자들끼리는 나가서 연락을 주고받을 수 없게 되어 있었는데, 현경 작가는 거기서 사귄 언니의 연락처를 몰래 속옷에 넣어오기도 했다. 이야기를 듣다 보니 '거기도 그저 사람 사는 곳이구나.' 하는 당연하고도 새삼스러운 생각이 들었다. 엊그제만 해도 죽으려고 했던 사람들이 서로를 살갑게 챙기고 아껴주고 있었다.

민지 님은 당시 병동에서 가장 어렸는데, 그만큼 많은 분들이 예뻐해주셨다고 한다.

"한번은 이런 일이 있었어요. 계속 자기가 임신했다고 말하는 아주머니가 있었는데, 그분이 계속 '호희'라는 여자아이를 찾는 거예요. "호희야, 호희야." 이러면서. 제가 병동에서 가장 어린 여자였기 때문에 그분에게 호희로 보였는지, 저한테 와서 "호희야." 하시는데 그때는 병원에서 딱히 할 게 없었기 때문에 기꺼이 그분의 호희가 되어드리기로 했어요. 그래서 "호희야." 부르면 "네." 하고 대답해드렸어요. 그런데 어느 날 밤 자기 전에 저한테 와서는 "호희야 창밖을 봐, 너무 예쁘지? 여기서 사는 거 너무 힘들지? 너 이제 간다고 말해. 넌 이제 나가도 돼." 라고 말씀하시는 거예요. 드라마에서 볼 법한 그런 문장을 말로 해주는데…. 정말…. 저한테 나가도 된다고 말해준 유일한 사람이었고. 그분이 하는 말이 너무 예뻐서 기억에 남아요."

물론, 다신 들어오고 싶지는 않아요

병동 생활은 어떤 자극도 없어 건강했지만, 동시에 견딜 수 없이 무료했다. 현경 작가는 술을 안 마시는 생활이 지속되자 상태가 좋아졌는데, 울증 없이 조증이 계속되니 잠을 거의 못 잤다. 퇴원해서 해야 할 일들이 계속 생각나 잠을 이루기 어려웠고, 환자들 중에는 어둡다면서 불을 계속 켜거나 혼잣말을 하는 사람도 있었다. 없던 수면장애가 생길 것 같다며 주치의에게 나가겠다고 졸라댔다. 이제 괜찮고 술도 안 마실 수 있다고 반복해서 말했다. 하지만 선생님은 행동의 패턴을 만들기 위해서는 최소 2주에서 한 달 정도의 시간이 필요하다고 했다. 약을 꼬박꼬박 먹고, 주치의가 관찰을 하면서 삶의 패턴을 만들어가는 최소한의 시간이 필요했다. 보통 이곳에 오는 사람들은 한 달 정도 치료 과정을 거친 뒤, 2박 3일간의 외출도 하고 나가서 뭘 할 건지 계획하면서 천천히 적응해나간다고 했다. 현경 작가는 너무 답답해서 열흘만 있고 자발적으로 빠르게 나온 경우에 속했다. 다행히 현재는 술도 별로 마시지 않고 괜찮게 지내고 있다고 했다.

하지만 민지 님은 상황이 좀 달랐다. 본인의 의지로 들어온 게 아니었기 때문에, 나가려면 보호자의 동의가 필요했다. 매일 아버지에게 전화해서 꺼내달라고 했다.

"제가 아빠한테 어떤 말까지 했냐면…. 자식들이 부모님 모시기 싫어서 입원시킨 것처럼 보이는 할머니 할아버지들이 계셨거든요. 아빠한테 '늙어서 이런 곳에 들어오고 싶지 않으면 당장 나 나가게 해줘.'라고 했어요. 저는 자살 시도도 했었고 아빠는 제가 죽을까 봐 전전긍긍하시고 그러니까 제가 보이는 게 없었던 거죠. 아주 막 나간 거예요. 하지만 아빠는 그런 말에도 꿈쩍 하지 않으셨어요. 그래서 정말 자살 시도를 안 하겠다는 말로…. 물론 그때 당시 그 말은 거짓말이었어요. 그렇게 거짓말을 하고 퇴원을 하게 됐죠."

민지 님은 스물다섯이 되는 2017년 12월 31일이 오기 전에 자살하겠다는 타임리밋을 세웠었다. 다시 나가서 자살 계획을 세워야 하는데 병동에서는 아무것도 할 수 없었다. 다행히 지금은 2018년이고 민지 님은 잘 살아 있다. 민지 님은 우울증이 잘 치료됐다고 했다. 병동을 나오고 나서는 막상 크게 죽고 싶은 의지가 안 생겨 그냥 병원을 다니면서 약을 먹다가 안 먹다가 했다. 약을 안 먹으면 두통이 심해서 동네 병원에 들러 약을 처방받았다. 그곳에서 좋은 의사선생님을 만났고 2년 6개월째 계속 약을 먹고 있다.

"이제는 그냥…. 이러다가 결혼도 하고 애도 낳고…. '그렇게 살다가 늙어 죽겠구나.'라는 생각이 들기도 해요."

"다시 가야 한다면 어떨 것 같아요?"

민지 님은 정색을 하고 대답했다.

"절대 안 가요. 너무 답답해요. 제약적이고 과하게 안전해요. 너무 심심하고요. 처음 병원을 나오게 됐을 때, 자살 시도에 실패하면 또 여기 와야 하니까 실패 없이 죽어야겠다고 다짐할 정도였으니까요."

현경 작가도 마찬가지였다.

"만약 또 너무 죽고 싶거나 알코올중독이 된다면…. 가야만 하겠죠. 하지만 내가 원해서, 맨 정신에는 가고 싶지 않아요."

정신과 중환자실에 다녀온 것과 같아요

"퇴원 후 한 드라마를 봤는데, 남자 주인공이 실연 후 슬픔 때문에 아무것도 못하게 되거든요. 그다음 장면이 정신병원인데, 거기서 묶인 상태로 아무것도 못하는 거예요. 미디어에서 정신병원을 너무 잘못 그리고 있다는 생각을 많이 했어요."

나 역시 어느 때보다 내 자신의 편견을 크게 확인한 인터뷰이기도 했다. 사실상 폐쇄병동은 많은 오해와 왜곡 속에 있었다. 적어도 '우울한 사람들이 격리돼 있는' 암울하고 어두운 모습이 지배적이었다. 두 사람의 이야기를 들으며 마치 꽁꽁 얼어 있던 머릿속이 깨지는 느낌이 들었다.

현경 작가는 우울에 대해 오랜 시간 사람들에게 말해왔기 때문에, 입원하게 되었을 때 숨기지 않고 자신의 SNS를 통해 알리고 주변 사람들에게 양해를 구했다. 그저 정신과의 중환자실에 다녀온 정도로 비유했다. 다른 병에 비해 더 심각하게 여기거나 감출 일도 아니었다. 주변 사람들은 잘 다녀오라고 격려해주었고, 다녀왔을 때는 수고했다고 이야기해주었다.

"하지만 만약 제가 대기업에 다녔다면, 아니 그냥 평범한 회사원이었다면 정신과 병동에 입원한다고 말하지 못했을 거 같긴 해요. 근데 정말 웃긴 건요. 제가 입원할 당시에 병원마다 환자가 다 차 있어서 병실이 남는 곳으로 간 거였거든요. 병원을 선택해서 간 게 아니라. 날씨가 좋아지니 자살 시도로 들어온 분들이 많다고 들었어요. 그 많은 사람들이 모두 병원에 왔다갔다는 소린데…. 저는 지금까지 단 한 번도 '정신병동에 들어갔다 왔다.'고 말하는 사람을 본 적이 없거든요. 옆에 있는 이분(민지 님) 빼고. 그럼 대체 그 많은 사람들은 누구일까요. 맞아요. 모두 쉬쉬하고 있단 거죠. 정신질환이라는 건 누구나 겪을 수 있는 것임을 조금 더 자유롭게 이야기할 수 있는 사회가 되었으면 좋겠어요."

민지 님은 열일곱 살 때부터 정신건강의학과에 다니기 시작해 이제 10년이 됐다. 약물치료로 효과를 많이 보았기 때문에 다른 사람들에게 추천하고 싶다고 했다.

"제 남친은 저를 있는 그대로 사랑해주는 사람이거든요. 내가 나를 바라볼 때도 마찬가지인 것 같아요. '내가 정신과적 질환이 있든 없든, 나는 그냥 나인걸.' 이렇게 생각하면 모든 일이 너무 쉽더라고요. 정신병동도 그냥 대학병원에 입원을 했다, 정도로 대수롭지 않게 생각할 수 있게 됐어요."

현경 작가도 우울증을 다른 사람들에게 보여주고 말하는 것 자체가 어려운 사람들에게 용기를 주고, 숨기지 않는 일을 쉽게 만들 수 있는 사회를 위한 혼자만의 '운동'이라고 했다. 이번 병동에서 있던 일을 책으로 엮은 것도 그런 취지였다.

"우울을 당당하게 말하자고 얘기하면서 숨어서 얘기하면 신뢰성이 없으니까요."

우울에 대하여 누구보다 건강하게, 공감 가는 언어로 이야기하는 그들에게 존경심마저 들었다. 이들의 진정성이 많은 분들에게 조금이라도 가닿기를…. 정신과 병동에 대한 오해와 인식이 아주 조금라도 변화될 수 있다면…. 단지 그것만이 현경 작가와 민지 님 그리고 우리 모두가 바라는 바다.

이 대담은 서울에 있는 대학병원이나 종합병원의 경우에 해당하며, 시외에 있는 장기요양병원의 경우 다른 사람을 해치지 않도록 격리를 목적으로 한 시설도 있습니다. 다만 이 챕터에서는 병원에 입원했다는 사실 자체에 대한 사회적 편견에 대해 다루고자 했습니다.

7

너의 말 한마디 덕분에 — 오늘을 또 살아냈어

"친구가 '나 우울증인 것 같아.'라고 고백했을 때, 또는 우울증인 것을 알았을 때 어떻게 해야 하는지 배운 적이 없다. 이건 곧 내가 우울증에 빠지게 돼도, 내 주변 사람들 역시 나를 위해 무엇을 어떻게 해줘야 할지 모른다는 이야기나 마찬가지였다."

'무슨 큰 사건이 있거나, 죽을 만큼 힘든 일이 있었던 건 아닌데…. 갑자기 사람들을 만나는 게 너무 힘들어. 연락하는 것도 싫고 SNS 보는 것도 숨이 막혀. 사람 많은 곳에선 숨이 잘 안 쉬어지고 어떨 땐 지하철 계단을 오르다가 토할 뻔하기도 했어. 너한테조차 연락을 못할 만큼. 어쨌든 살아는 있으니 걱정 마. 다시 연락할게.'

하루가 멀다 하고 톡을 보내고 전화하고 만나던 친구가 하루아침에 잠수를 탄 지 거의 2년 만에 온 메시지였다. 일단 '진짜 살아는 있구나.' 싶어 아주 잠시 안도했다. 하지만 이내 불안해졌다. 분명 심각한 상태인 것 같았다.

'이 친구 이거 공황장애? 우울증? 이런 거 같은데…. 그냥

두면 위험한 거 아닐까?'

마침, 유명 남자 아이돌이 공황장애와 우울증 때문에 스스로 생을 마감했다는 뉴스가 세상을 시끄럽게 할 때였다.

'다시 연락이 올 때까지 그냥 두면 될까? 나마저 관심 없다고 생각하면 어쩌지? 힘내라고 해야 할까? 그럴 때도 있는 거라고 해야 하나? 내가 뭘 어떻게 해줘야 하지?'

친구가 '나 우울증이야.'라고 고백했을 때, 또는 우울증인 것을 알았을 때 어떻게 해야 하는지 배운 적이 없다. 이건 곧 내가 우울증에 빠진다면, 내 주변 사람들 역시 나를 위해 무엇을 해줘야 할지 모른다는 이야기나 마찬가지다.

가장 사랑하는 사람이, 내 옆에서 괴롭고 위험한 마음의 병을 앓고 있을 때, 우린 어떻게 해야 할까? 어떤 언어로 그들과 소통해야 할까?

말 한마디에 죽고 사는 사람들

무슨 말을 해야 할지 모르기도 하거니와, 우리는 '힘들고 슬픈 친구에게는 힘내라고 말하는 것'이 예의이고 '착한 것'이라 배우며 컸다. 또는 "나도 너처럼 힘들어."라는 말로 공감을 해주고, "너만 힘든 거 아니다." 정도로 불행을 평준화해주면 위로의 정석에 거의 가깝다. 하지만 사실상 이것은 우울증을 겪고 있는 사람에게는 최악의 표현이다. 안 그래도 너덜너덜하게

까진 마음을 더 후벼 파는 역효과를 일으키기 때문이다.

우울증을 겪고 있는 사람을 가장 힘들게 하는 말은 무엇일까.

"한국 사람이면 거의 다 우울증 약간씩 있다잖아."

무슨 의도로 이런 말을 하는지 모르겠어요. 한국인이 다 그런 거지, 너 혼자 그런 거 아니라는 말은 삼갔으면 좋겠어요.

"너보다 힘든 사람이 얼마나 많은데…. 그 정도는 아무것도 아니야. 내가 더 힘들어."

예전에 저는 활발하고 긍정적인 사람이었어요. 그런데 요즘은 '너 왜 이렇게 변했니.' '뭐가 그렇게 힘드니.' 그런 말을 많이 들어요. 사실 딱히 무슨 일이 있었던 건 아닌데…. 그럴 땐 이렇게 말하고 싶어요. "꼭 무슨 일이 있어야 해?" 그러다 제가 힘든 기분을 조금 이야기하면 자기가 예전에 더 힘들었던 얘기를 해줘요. 그리고 그걸 위로라고 생각하는 거 같아요. 사람들은 제가 우울증이라고 하면 영화 같은 시나리오, 자기보다 힘든 이야기가 있어야 한다고 생각하나 봐요.

"너 여기저기 잘 돌아다니잖아. 네가 무슨 우울증이야?"

우울한 사람이니까 집에 가만히 박혀 있어야 하나요? 이 문제로 한번 친구와 크게 다툰 적이 있어요. 친구가 하는 말이 "네가 괜히 꾀병 부리는 것 같잖아."라고 하더라고요. 사실

“

“나도 너처럼 힘들어.”라는 말로 공감을 해주고 “너만 힘든 거 아니다.”라는 식으로 불행을 평준화해주는 것이 위로의 정석이라고 생각하기 쉽다. 하지만 이것은 우울증을 겪고 있는 사람에게 최악의 표현이다. 안 그래도 너덜너덜해진 마음을 더 후벼 파는 꼴이 된다.

”

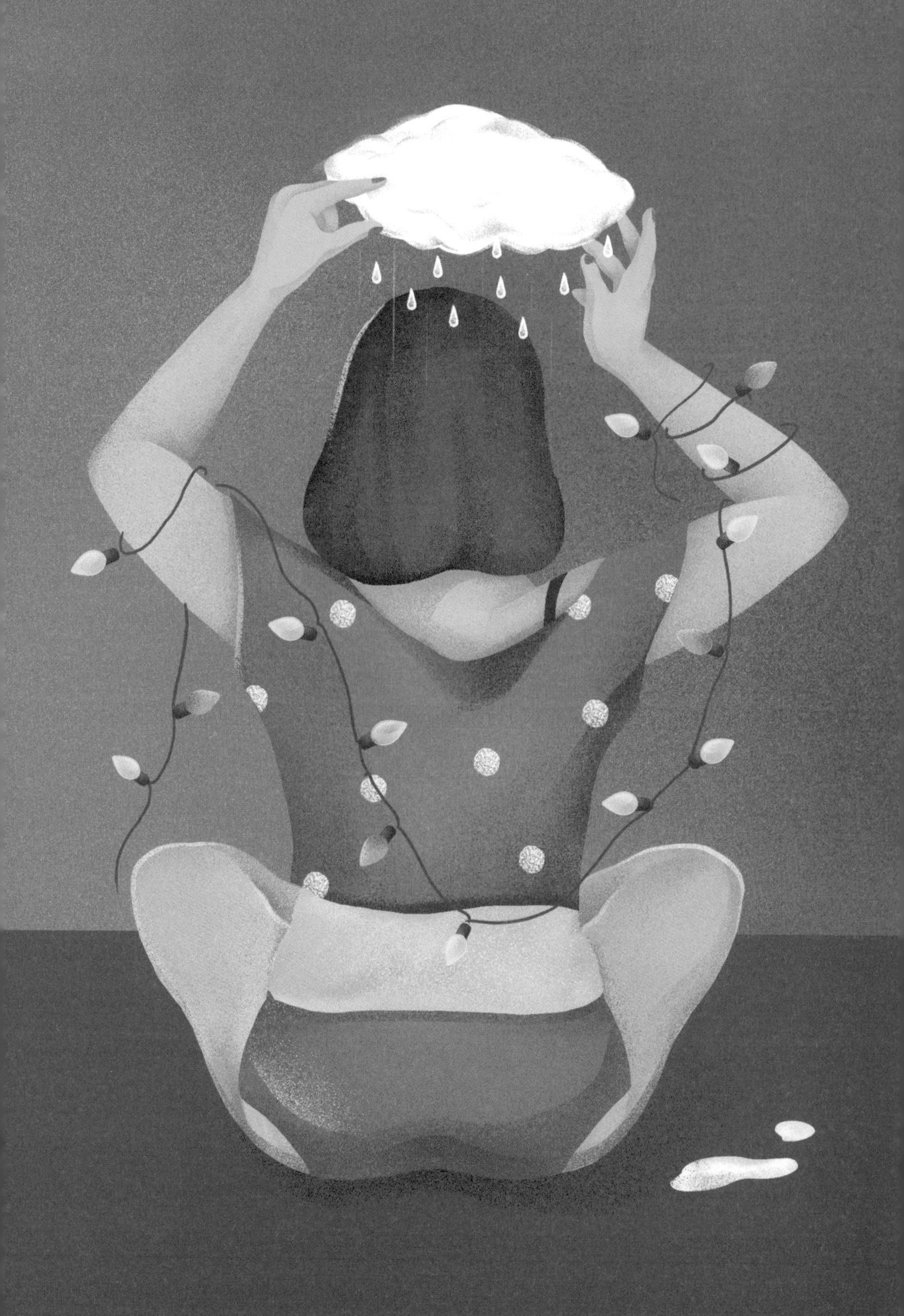

제가 밖에서 보면 활발한 편이에요. 그런데 잘 놀다가도 갑자기 슬퍼질 때가 있거든요. 그러면 입을 다물고 가만히 있거나 하는데, 그때 눌러두었던 우울한 감정과의 싸움이 시작되는 거죠. 우울증 환자라고 해서 집 밖으로 아예 못 나오는 건 아녜요. 오히려 그렇게 말하는 사람들 때문에 나가기가 더 두려워지는 거죠.

"정신과 약? 그런 거 안 좋아. 끊어. 약에 의존하면 안 돼."

주변에서 이런 말을 듣고 약을 몇 달간 끊은 적이 있어요. 약을 갑자기 끊으니 일이 터지더라고요. 자해를 하게 됐어요. 약물을 임의로 멈춘다는 건 위험한 일인 거 같아요. 나아지고 있는데 나락 속으로 다시 들어간 것 같았어요. 자해 상처가 아물 때까지 얼마간 토시를 끼고 다녔어요. 전문지식이 없는 사람이 우울증 환자에게 해주는 말들은 독이 될 수 있어요. 부작용이 없는 약물은 경험상 없더라고요. 근데 그 부작용을 감내해야 할 만큼 감정이 너무 힘들어서 약을 먹는 거거든요. 지나가는 말이라도, 모르면서 함부로 말하지 않았으면 좋겠어요.

그 외에도 "다 네가 성장하는 과정이야." "다들 그러고 살아. 그러려니 하는 거지." "신경 쓰지 마. 너 너무 예민해."와 같은 말들이 있다. 가만히 들여다보면 지금 괴로운 감정을 있는 그대로 공감해주고 인정해주는 게 아니라, 나는 다 안다는 듯한 표현이다. 우울한 사람을 대할 때 가장 먼저 기억해야 할 점은 그 사람의 고통을 완전히 다 알 수 없다, 이해할 수 없다는 점이다. 나는 그 감정을 잘 모르겠지만 '고통스러웠겠다.' '힘들겠다.'고 공감해주고 가급적 그 기분을 헤아려보는 것이 먼저다. 그리고 잘 모르겠을 땐, "내가 어떻게 도와주면 좋을까?" 하고 묻는 것이 낫다.

너의 말 한마디 덕분에 오늘을 살아

"어떤 말보다는…. 그냥 덤덤하게 들어주고 가만히 지켜봐주는 게 가장 좋았어요."

굳이 뭘 해주려고 하는 것보다, 우울도 그 사람의 한 부분으로 이해하고 있는 그대로 바라봐주는 것. 그들에겐 상대방의 이러한 마음가짐이 가장 절실하다. 그런 마음가짐을 바탕으로 건네는 한마디에는 나무람이나 동정심 같은 얕은 위로 대신 울고 싶은 마음을 다독이는 진심이 담겨 있다.

"말해줘서 고마워."

어렵게 털어놓았을 때 무엇보다 안심이 될 때는, 상대방이 나의 속 얘기를 기꺼이 받아들여줄 때. 그리고 그 눈빛이에요. 특히 "네가 나에게 그 이야기를 해줘서 참 고맙다."라고 말해주면, 문제가 해결되고 말고를 떠나서 눈물이 터질 만큼 마음이 치유되는 기분이 들어요. 이 사람이 내 마음의 병을 귀찮게 여기지 않고 받아들여주는구나. 아무 말 없이 안아주는 것도 좋았어요. '난 항상 여기 있고, 우울증은 어려운 마음의 병이지만 그래도 너와 함께 있는 게 두렵지 않다.'는 마음이 전해져요.

"아무것도 안 해도 괜찮아."

지금 그대로의 상태를 인정해주는 말은, 어떤 말보다 더 값지게 다가왔어요. 내 마음과 감정을 무시하는 말은 상처로 남는 것 같고, 내 마음을 있는 그대로를 존중해주는 말은 힘이 됐던 것 같아요.

힘들어 해도 괜찮다고, 좀 더 천천히 나아도 괜찮다는 말은 불안한 마음을 진정시켜주는 것 같았어요.

내 곁의 사람에게 온 우울은 잠깐 있다가 지나갈 수도 있고 오래 머물 수도 있다. 나도 그만큼 그의 곁에 한결같이 있어주는 것이 중요하다. 무엇보다 어떤 기대도 하지 않는 것이 필요하다. 지금 우울에 잠겨 있는 친구에게는 나의 위로가 눈에 잘 보이지 않거나, 혹은 감사를 표현할 에너지가 없을 수 있다. 그럼에도 그냥 같이 있어주는 것, 그의 길을 동행해주는 것만으로도 큰 도움이 된다. 그냥 이야기를 들어주고 원할 때 같이 커피 한 잔 하고 산책할 수 있는 시간을 보내는 것, 그게 바로 옆에 있어주는 것의 의미다.

사실 우울증을 겪고 있는 사람들은 혼자 있고 싶다고 말하지만 내심 한편으로는 관심을 가져줬으면 좋겠고, 따뜻한 위로를 받고 싶다고 생각한다. 이런 이중적인 마음 때문에, 평소처럼 상대의 의중을 파악하고 소통해서는 오해가 생길 수 있다. 상대가 지금은 위로나 해결책을 받아들이기 쉽지 않다는 가정하에, 이해와 공감으로 다가가야 한다.

8

방구석에 박혀 아무것도 하지 않더라도, — 그냥 두세요

"무기력은 게으름과 다르다. 무기력이 오면 계단조차 오르지 못할 수도 있고, 양치질하는 일이 등산 가는 일만큼 힘든 일이 되기도 한다. 그만큼 몸이 의지대로 따라주질 않는 상태인 것이다."

곪아 터질 때까지 혼자 안고 있던 괴로움을 가족들에게 밝혔을 때, 그에 대한 진심 어린 위로와 관심을 받지 못하는 경우가 많다. 특히 부모님의 도움이 절실히 필요한 청소년의 경우, 오히려 부모님으로부터 병원이나 약물치료를 제지당했다는 이야기가 다수다.

사실상 우울증에 대한 이해가 거의 없는 우리 부모님 세대에게는 '배부른 소리' '어리광'처럼 보일 수밖에 없는 것도 이해는 된다. 정신 건강에 대한 이야기는 숨겨야 하고, 말할 수 없는 것이 당연한 시대를 살아오셨으니까. 특히 정신과 기록이 자녀의 미래에 해가 되지는 않을까, 약물에 의존하게 되면 더 피폐해지는 건 아닐까 하는 오해와 걱정들이 큰 것도 어찌 보면 다 따뜻한 관심이므로.

하지만 우울증으로 힘들 때, 가족들에게 특히 부모님께 위로를 받지 못하는 건 당사자에게 매우 큰 상처가 된다. 심지어 겪고 있는 현상을 더 극단적으로 키울 가능성도 있다. 그렇다면 부모의 입장에서, 자녀가 "엄마 아빠, 나 우울증이에요."라고 고백해온다면 어떻게 해야 할까? 무조건 병원에 데려가는 게 올바른 것일까?

30대 정신과전문의 5인이 모여 정신건강의학과에 대한 오해와 편견에 대해 이야기하는 팟캐스트 '뇌부자들'의 허규형 선생님을 만나 이야기를 나누어보았다.

우울증은 의지로 극복할 수 있는 게 아닙니다

"아직까지도 정신과적인 어려움을 의지의 문제로 생각된다는게 안타까워요."

우울증은 정신과적 질환이다. 우울증이 오는 원인은 크게 생물학적, 심리적, 사회적 요인으로 살펴볼 수 있다. 먼저 생물학적 원인으로는 뇌의 호르몬이라 불리는 신경전달물질, 즉 도파민, 노르에피네프린, 세로토닌 등의 불균형에서 온다. 특히 세로토닌의 농도가 낮거나 불균형한 게 원인으로 알려져 있다. 심리적으로는 사랑하는 대상을 상실하거나 자존감의 손상, 계속 실패를 경험하는 경우 발생하는 '학습된 무기력' 같은 다양한 요인이 있다. 사회적으로는 지지 체계, 즉 내가 힘든 걸 언제든지 들어주고 지지해줄 수 있는 환경이 갖추어지지 않았을 때 올 수 있다. 일반적으로 스트레스가 생겨도 평소에는 스스로 조절을 하거나 회복할 수 있는데 너무 큰 스트레스가 오거나 같은 스트레스가 지속되면 신경전달물질이 무너진다.

"우울증은 의지로 극복할 수 있는 게 아니에요, 그냥 우울한 상태에서는 나가서 영화도 보고 친구도 만나면 기분이 개선될 수 있지만 우울증은 이미 그런 걸 할 수 없는 상태인 거죠. 오히려 그런 행동을 해도 개선이 안 되는 내 자신에게 더욱 상처받고 자책하게 돼요. 그렇기 때문에 의지의 문제는 아니고 이미 그 정도 수준은 넘어갔다고 생각하셔야 합니다. 의지와 다르게 계속해서 부정적인 생각만 피어나는 상태, 그게 바로 우울증이기 때문입니다."

부모님의 지지가 절대적으로 필요합니다

우울증에 걸린 자녀들이 아무것도 하지 않은 채 방 안에만 처박혀 있는 모습 때문에 부모님과의 갈등이 많이 생긴다. 하지만 이 때의 무기력은 게으름과 다르다. 무기력이 오면 계단조차 오르지 못할 수 있고, 양치질하는 일이 등산 가는 일만큼 힘든 일이 되기도 한다. 그만큼 몸이 안 따라주는 것이다. 이럴 땐 그냥 둬도 되는 걸까? 나가서 운동이라도 해야 하지 않을까? 땀이라도 내야 하는 게 아닐까?

“

우울증은 의지로 극복할 수 있는 게 아니에요. 그저 우울한 정도에서는 영화를 보거나 친구를 만나면 기분이 나아지지만, 우울증은 이미 그런 걸 할 수 없는 상태인 거죠. 오히려 환기를 시켜도 개선이 안 되는 내 자신에게 더욱 상처받고 자책하게 돼요. 의지의 문제가 아니고 이미 그 너머의 상태인 거죠.

”

"물론 병원에서 적절한 처방을 받는 게 선행되어야 하겠지만, 그냥 둬도 됩니다. 9~10시간씩 잠만 자는 것도 마찬가지입니다. 그냥 충분히 자고, 자책하지 않게 하는 것이 좋습니다. 몸이 그만큼 쉬는 걸 필요로 했던 거니 마음을 편하게 먹도록 해주세요. 정신과에 입원을 해도 약 먹고 제때 식사하고 잠 잘 자는 데 집중하고, 다른 건 아무것도 권하지 않을 때도 있습니다. 그냥 이렇게 쉬는 것도 정신질환에는 꼭 필요한 시간입니다."

물론 부모님 입장에서는 매일같이 반나절을 잠자며, 보내고 침대에만 누워 있으면 걱정이 되기 마련이다. 하지만 게으른 게 아니라 병이라는 사실을 인식하고 조금씩 개선할 수 있도록 해야 한다.

정신과 치료에서도 무기력의 경우 작은 목표를 부여한다. 양치하고 세수하는 것까지만 하고, 성공하면 칭찬한다. 혹시 못했다고 해도 비난하지 않는다. 우울증은 보통의 경우 6개월~1년 정도면 자연적으로 회복될 수 있다. 하지만 치료받을 경우 3개월 정도면 회복된다. 기간뿐만 아니라 힘든 정도, 재발하는 정도도 낮아진다.

약물치료를 받을 때 부작용은 없을까?

한편, 부모님들은 약물치료 자체를 걱정하기도 한다. 항우울증제를 복용하면 초반에는 메스껍고 울렁거리거나 설사하는 것 같이 위장 쪽에 부작용이 오기도 한다. 처음 약에 적응하기 전까지는 두통이나 불안, 초조를 호소하거나 오히려 더 가라앉고 졸음이 쏟아지거나 어지러울 수도 있다. 이 적응기만 지나면 크게 부작용은 없다. 항불안제나 수면제는 내성이나 의존이 생길 수 있다. 하지만 이런 부분을 다루고 적절하게 처방해주는 의사선생님의 지침에 잘 따른다면 크게 걱정하지 않아도 된다.

오히려 임의로 약을 끊으면 술이나 담배를 끊었을 때처럼 금단증상이 나타날 수 있다. 이 경우 원래 증상과 혼동해서 증상이 악화됐구나 하고 생각할 수도 있고, 더 많은 약으로 다시 시작할 수도 있다. 그러니 가족들이나 스스로의 판단으로 약물 복용을 중단하는 것은 위험하다.

적지 않은 수의 중고교 청소년들의 목소리에는 다른 우려도 담겨 있다. '어렵게 학교 상담이나 선생님께 말씀드렸는데 비밀보장이 안 돼서 실망이 컸다.' '부모님이 불신을 갖고 잘 들어주지 않는다.'는 것이었다. 내 청소년기만 돌아봐도, 어른들에 비해 내가 통제할 수 있는 것이 훨씬 적었기 때문에 늘 불안하고 안전하다는 느낌이 없었던 것 같다. 그렇기 때문에 우울증으로 인해 괴로운 청소년들을 더더욱 도움을 구할 곳이 없었을지도 모른다.

우울증에 빠지면 나와 내 환경, 미래에 대해 부정적인 생각이 많이 일어난다. '나는 쓰레기야. 이 세상에 있을 필요가 없어. 뭘 해도 안 될거야. 주변 사람들도 내 말을 듣지 않아. 내 미래는 당연히 시궁창이겠지.' 이런 식으로 부정적인 생각이 꼬리에 꼬리를 물고 이어진다. 늪으로 점점 빠지고 있는 형국이기 때문에 사실 혼자 극복하기가 매우 어려운 것이다. 이때 도울 수 있는 사람은 부모님뿐이다. 적문성이 없는 부모님 입장에서 당황스럽겠지만, 병원을 꼭 함께 찾아야 한다. 청소년들도 마찬가지로 마음을 조금만 열고 부모님과 선생님께 도움을 청해야 한다. 지금 이 순간에도 일어나고 있는 부정적인 생각의 고리가 병이라는 것을 인식하고 치료해야 한다. 이미 많은 친구들이 치료를 받고 회복되었다.

"우울증은 사실 명백한 병인데도 사람들은 '병이 났구나, 병원을 가야지.' 이렇게 생각을 하지 못하는 것 같아요. 흔히 마음의 병이라고 하는데, 사실 마음이 다른 데 있는 게 아니라 뇌의 작용으로 생기는 거잖아요. 우리는 보통 심장이라고 생각하지만, 정확히는 뇌의 변화로 인해서 생긴 질환이니까. 생각과 마음의 문제로만 치부하지 말고 병원에 가서 도움을 받는 것이 좋습니다."

“

우울증은 명백한 병인데 사람들은 ‘병이 났으니 병원에 가야 한다.’는 생각을 못하는 것 같아요. 흔히 마음의 병이라고 하는데 마음이 다른 데 있는 게 아니라 뇌의 작용으로 생기는 거잖아요. 그러니까 우울증은 뇌의 변화로 인해 생긴 질환인 거죠. 생각과 마음 차원의 문제로만 치부하지 말고 병원에 가서 꼭 도움을 받는 것이 좋습니다.

”

우울의 끝에서 찬란한 사람들 4

내 곁에 사랑하는 사람이 아플 때, 난 무엇을 할 수 있을까

사랑하는 가족이 우울증으로 힘들어하는 모습을 옆에서 지켜봐야 할 때, 우리는 무엇을 할 수 있을까. 살면서 이런 걸 배운 적이 없다. 무얼 해줘야 할지 몰라 괴롭고, 또 우울한 감정은 쉽게 전염되기 때문에 심각한 경우 함께 우울감에 빠지기도 쉽다. 우울증에 걸린 사람들은 그냥 내버려두기를 바라는 동시에 끊임없이 관심과 돌봄을 필요로 하기 때문이다.

가족과 관련된 이야기를 듣는 건 매우 힘든 일이었다. 오히려 본인의 얘기는 편안하게 하던 분들도, 가족이나 연인에 대한 이야기에는 주춤했다.

"동생이 우울증인 거 아는 사람 별로 없어요. 친척들도 모르고…. 만약 이 인터뷰를 부모님이 아시게 되면 많이 곤란하실 거예요."

"남편이 우울증이라 힘들긴 하지만 저보다 본인이 더 힘들 걸 알기 때문에 얘기할 수가 없어요."

숱하게 거절을 당했다. 힘든 이야기를 함께하는 게 취지이고 익명성이 보장되는데도 내가 아니라 행여 내 가족이 곤란해질까 염려하는 마음 때문이었다. 충분히 이해가 됐다. 그렇다 보니 이분들은 지금껏 어디 가서 쉽게 하소연하기 더더욱 어려웠으리라. 그중 어렵게 두 분의 이야기를 들을 수 있었다.

A양 이야기 "이제는 엄마의 한 부분으로 받아들이게 됐어요."

A양은 부모님과 3남매가 함께하는 화목한 가정에서 자랐다. 그런데 중학생 때, 엄마가 갑자기 말을 하지 않기 시작했다. 점점 줄어든 게 아니라 어느 날 갑자기 말을 하지 않으셨다. 엄마는 어떤 물음에도 대답하지 않으셨다. 미성년자로서 허락이 필요하거나 의견을 묻는 모든 상황에 대해서도 대답이 돌아오지 않았다.

한번은 빼빼로데이를 앞두고 편의점에 가야 하는데, 너무 늦은 시각이라 나가도 될지 몰라 혼자 방 안에 있던 엄마에게 물었다.

"엄마, 나 지금 과자 사러 잠깐 다녀와도 돼?"

"…."

"엄마 말하기 싫으면 고개라도 끄덕여줘."

여전히 아무 말과 표정이 없는 엄마에게 소리를 지르고 뛰쳐나왔다. '이게 뭐라고 말을 안 해주지?' 그 일은 A양에게 평생 깊은 상처로 남았다.

당시 주변에서 엄마에 대해 물어보면 몸이 좀 안 좋으시다고 둘러댔다. 상황이 지속되니 어른들끼리 상의를 해서 병원에 같이 갔고 1년 정도 입원도 하셨다. 꽤 떨어져 살다가 같이 살게 되었을 때는 엄마 상태가 좋아져 있었다. 하지만 그때부터 지금까지, 말을 찾았다가 다시 말이 없으셨다가 하는 시간이 반복됐고 가급적 외부 사람들을 만나지 않았다.

가족들은 어느덧 익숙하게 각자의 삶을 열심히 꾸려나갔다. 아버지는 상대적으로 더 자상해지셨고, 남매들도 서로 의지하며 잘 성장했다. 다만 엄마와 함께해야 하는 공식적인 자리는 늘 걱정이 됐다. 졸업식이나 입학식엔 엄마가 못 오셨고, 커서는 결혼식에 엄마가 못 오시게 될 상황이 늘 걱정됐다. (실제로 엄마는 결혼식에 못 오셨다.)

결혼 전에 엄마가 계시는 집으로 내려가 반년 정도 집중적으로 노력해본 적이 있었다. 10대 때는 외면했고, 20대 때는 계속 떨어져 지냈으니 결혼하기 전에 엄마와의 관계를 회복해보고 싶은 것이 A양의 진심이었다. 가장 답답했던 점은 엄마의 병명을 모른다는 점이었다. 아버지께 물어봐도 "그 시절은 정신과 병명에 귀 기울이고 기억하던 시대가 아니었어."라고 할

뿐이었다. 정신건강에 대한 관념이 많이 다른 시대였다. 주변 사람들에게 우울증이라고 소개할 수 있게 된 것도 최근이지만, 실은 우울증이라는 진단을 받은 적도 없었다. 알면 적어도 어떤 조치라도 취할 수 있을 것 같았다. 함께 병원을 가보고 싶었다. 하지만 엄마는 예전에 병원에 장기 입원했던 기억이 안 좋으셨는지 다시는 병원에 가고 싶어 하지 않으셨고, 약으로 보이는 건 드시지도 않았다. 설득해보고 졸라보고, 이판사판 울고불고 화도 냈지만 실패였다.

A양은 엄마의 병명은 모르지만 그냥 함께 살아보기로 결정했다. A양은 어렸을 때부터 밝고 긍정적이었고, 또 엄마아빠와 함께한 유년시절이 건강했기 때문에 다행히 사춘기가 크게 힘들지 않았다. 엄마가 아픈 건 속상했지만 탓해봐야 소용없고, 그녀가 바꿀 수 있는 부분이 없기 때문에 받아들이고 살았다. 하지만 커서는 그때 더 노력하지 않은 게 후회되었다.

그런데 어느 날 동생이 말했다.

"언니, 우리 엄마는 이상한 게 아니고 마음이 좀 아픈 거잖아. 왜 이상하다고 하는지 잘 모르겠어."

그 말을 듣고 깨달았다.

'나는 엄마를 이상하다고 생각했기 때문에 거리감을 뒀고, 엄마를 고치려고만 했구나. 엄마는 원래 내성적이고 말수가 적고 집 밖에 나가는 걸 싫어하는 사람이었을 수 있는데 내가 그

걸 받아들이지 못했구나.'

엄마의 예전 모습을 기억하는 A양에 비해, 동생들은 거의 처음부터 말수가 없었던 엄마의 모습만 봐왔기 때문인지 그 모습을 엄마로 기억하고 있었다. 엄마를 있는 그대로 받아들이고, 엄마의 우울도 하나의 상태 값으로 받아들여야 한다는 생각을 하게 됐다.

오랫동안 '왜 우리 엄마는 남들과 다를까.'라는 생각으로 보냈다. 하지만 이제는 엄마라는 사람, 있는 그대로를 받아들이기로 했다. 이제 A양에게 엄마의 병명은 중요하지 않다. 그냥 엄마와 엄마의 병 그리고 가족들이 함께 어우러져 하루하루 더 행복하게 사는 데 집중하기로 했다.

B군의 이야기 "엄마 혼자만의 싸움이 아니었어요."

전역한 지 얼마 안 된 어느 날 밤, 어머니가 발작을 일으켰다. 응급실에 모시고 가서야 비로소 엄마가 우울증과 공황장애를 겪고 있었다는 사실을 알게 됐다. B군은 믿을 수가 없었다. 어머니는 워낙 밝은 분이고 항상 긍정적이며 아이들에게도 늘 이타적으로 살라고 가르치신 분이었다. 병이 온 후로는 어느 순간 갑자기 돌변하여 욕을 하고 비난하고, 상처 주는 말을 아무렇지도 않게 하는 어머니 모습을 받아들이기가 힘들었다. 하루에도 몇십 가지 감정을 보이면서 웃다가 분노했다가 눈물을 쏟으셨다. 우울증 중에서도 가장 높은 단계의 '스트레스성 우울장애'를 겪고 계신 것이었다.

당시 집이 14층이었는데 화가 나면 계속해서 "너도 싫고 아빠도 싫고 다 싫다, 나는 이제 뛰어내려서 자살할 거다."라는 이야기를 하셨다. 처음에는 B군도 같이 분노했다. 엄마가 불리할 때마다 무기 꺼내듯 아픈 척하는 것처럼 느껴졌다.

동시에 공황장애와 관련된 책을 찾아봤다. 책에서 말하는 가장 중요한 점은 당사자와 그 가족들이 병을 받아들여야 한다는 사실이었다. 단순히 머리가 아니라 마음으로, 아픈 게 보이지 않아도 인정해야 그때부터 변할 수 있다고 했다. 그래서 그렇게 노력했다. 엄마가 화를 내면 같이 내는 게 아니라 '아파서 그러는구나.' 생각하고 너스레를 떨었다. 처음에는 B군도 화가 나니까 잘 안 됐지만, 시간이 지나면서 받아들이게 됐고 엄마도 이 병을 어떻게 이겨나가야 할까 함께 고민하게 되었다. 엄마가 컨디션이 안 좋으면 '엄마가 오늘 몸이 안 좋구나, 감기 걸린 사람이 아프다고 하는 것처럼 마음이 아프다고 말하는 거구나.' 하고 엄마의 감정에 집중해서 맞춰주고 이야기를 해나갔다.

병원에 갈 때 함께 가 의사선생님을 보면서, 엄마한테 가장 필요한 건 들어주는 일이라는 것을 알게 됐다. 사실 아픈 사람의 이야기는 쉽게 듣기 힘들다. 감정이 극에 달하니 나쁜 이야기만 하기 때문이다. 하지만 듣다보니 엄마는 내 마음이 아프니까 얘기를 계속 들어달라고 외치고 있었다.

그걸 가장 극단적으로 느낀 계기가 있다. 이 방법 저 방법 다 해보다가 엄마의 화에 동조해 같이 화를 내기 시작했다. 주로 분노의 대상은 아버지였기 때문에, "그랬어? 힘들었겠다." 가 아니라 "나도 너무 힘들었다, 엄마만 그런 게 아니다. 나도 너무 싫다."라고 함께 외치고 욕을 했다. 그러면서 나는 엄마의 편이고, 엄마 옆에 있을 테니 같이 이겨나가자고 말했다. 엄마는 그제야 "그래, 아들은 내 편이지."라며 B군의 얘기를 듣기 시작했다. 이것이 결코 엄마 혼자만의 싸움이 아니라는 걸 깨닫게 된 순간이었다.

"사람들 모두 자신의 감정을 담을 수 있는 항아리를 가지고 있다고 생각하는데, 우울증을 가진 사람의 항아리는 그저 매우 작은 거예요. 그 사람들은 감정이나 분노를 조절할 수 있는 힘이 훨씬 약하고, 빨리 해소해주지 않으면 터져서 버틸 수 없는 상황에 놓이는 거죠. 그 차오르는 감정을 함께 해소하려는 노력만으로도 큰 도움이 돼요."

발병 후 7년이 지난 지금, 엄마는 많이 나아져서 일도 하고 스스로 무언가를 할 수 있게 됐다. 물론 여전히 컨디션이 안 좋을 때도 있지만, 가장 큰 변화는 스스로 "아들, 엄마 오늘 몸이 안 좋아."라고 말씀하신다는 것이다.

B군은 그제야 책에서 읽은 '병을 인정하는 것'이 무엇인지 온전히 알 것 같았다. 발병 초기에 엄마는 "인정할 수 없다. 내가 어떻게 이런 병에 걸릴 수 있냐. 나는 이런 사람이 아니다."라고 줄곧 말씀하셨다. 우울증은 본인과 가족들이 부정하기 시작하면 절대로 나아질 수 없다. 본인도 가족도 이를 받아들이려는 상황을 만들기 위해서 노력해야 한다. 감정이 안 좋아졌다는 것을 인지할 수 있어야 약도 먹고, 외출을 해서 감정을 조절할 수 있다.

"요즘은 엄마 컨디션이 안 좋아보이면 제가 먼저 '엄마, 오늘 또 몸이 안 좋은가 보네. 잠깐 요 앞에 몇 바퀴 돌고 오자. 아파트 몇 바퀴 돌자.'라고 말씀드려요. 그러면 엄마가 '그래, 엄마가 또 이겨내야지.' 하면서 따라나서세요. 처음에는 절대 안 움직이셨거든요. 이게 몸이 안 좋다는 걸 인정 안 하면 절대 움직일 수 없어요. 스스로 인정하면 어머니도 저도 할 수 있는 행동이 훨씬 많아지는 거예요."

완치는 없다. 하지만 항아리의 크기는 늘릴 수 있다. 감정의 항아리를 조금씩 키우고 넘치지 않게 스스로 조절하게 되는 것, 그게 엄마와 아들의 목표다. 그러기 위해 함께 노력하고, 가족들 나름대로의 방법을 만들어나가고 있다.

우리 안에 우울증이 있음을 인정하는 것

우울증 초기에 접어든 가족이나 연인을 만나면, 갑작스런 부조화에 당사자와 주변 사람 모두 많이 힘들어한다. 입을 닫아버린 우울증 당사자와 옆에서 이러지도 저러지도 못하고 눈치만 보는 가족과 주변 사람들.

하지만 오랜 시간 동안 이겨내기 위한 노력을, 가족의 우울증을 함께 끌어안고 받아들이기 위한 노력을 보여준 A양과 B군을 보면서, 이미 그들에게 우울증은 가족의 한 부분이 된 것 같다고 느꼈다. 그 모습은 편안해 보였을 뿐만 아니라 사실 다른 평범한 가족들보다 더 농밀해보였다. 서로를 이해하고 소통하는 데 더 많은 시간을 쏟았고, "고맙다." "사랑한다."는 표현을 더 많이 하고 있었다. 그리고 두 사람의 얘기 중에 공통적인 키워드는 '인정'이었다. 우리 가족 안에 우울증이 '있다'라고 인정하는 것.

"우울증으로 힘들어하는 가족이 있다면 함께 받아들이고 함께 싸워나가 주세요. 절대로 사랑하는 사람이 혼자 외로이 싸우도록 두지 마셨으면 좋겠습니다."

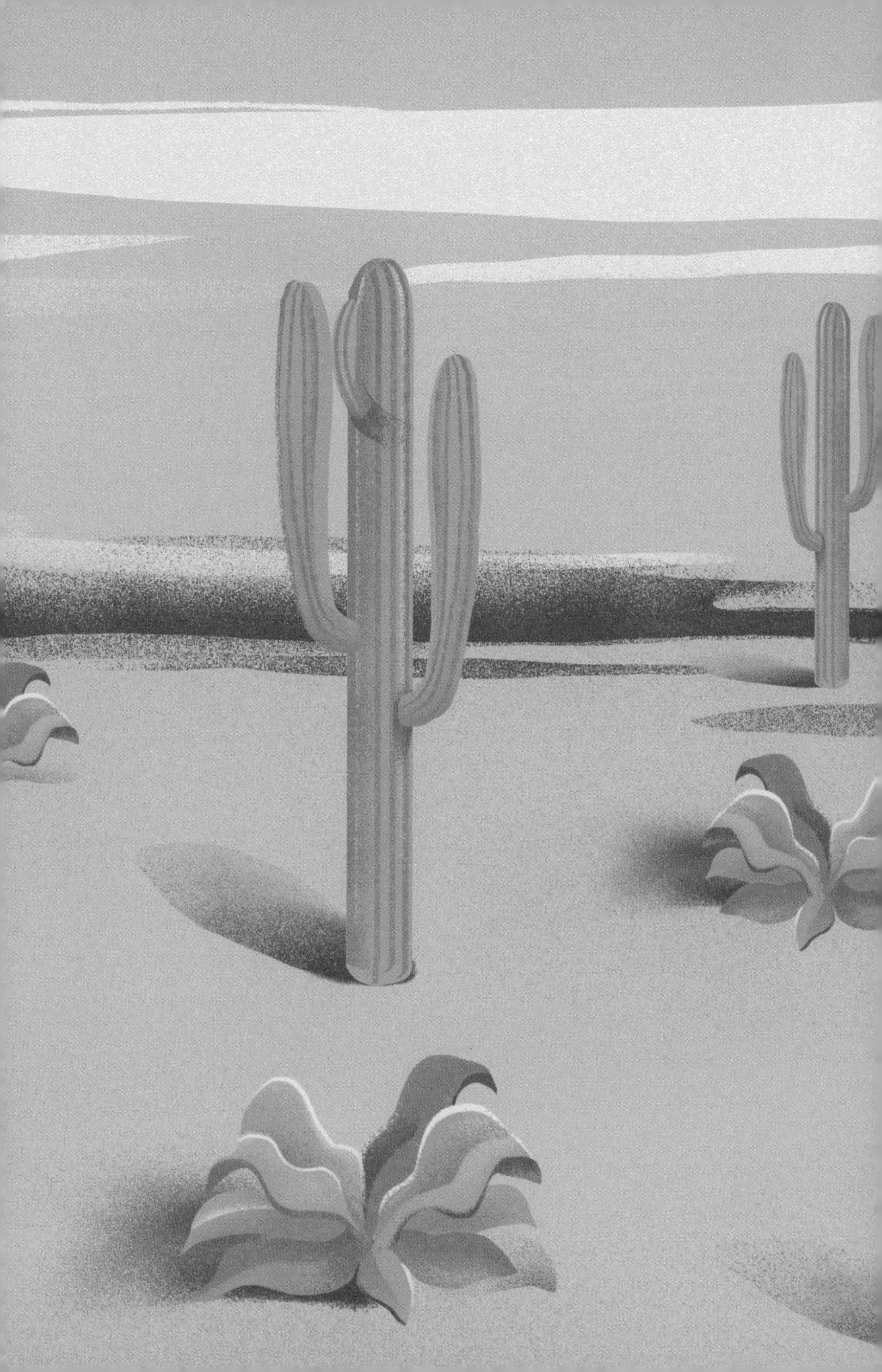

9

상처를 통해서 — 살아 있다는 걸 확인해요

"사실 대부분의 경우, 자해하는 분들은 마음이 여린 사람들이 많아요. 너무 착해서 다른사람에게 화를 내거나 해를 입히지 못해 도리어 자신에게 그걸 푸는 것이기도 하거든요."

우울증을 갖고 있는 사람들은 특성상 익명성이 보장되는 SNS에서 활발하게 교류한다. 이들 중에는 자해한 사진을 올려 공유하는 경우도 꽤 많다. 위험해 보이기도 하고, 일부 우울한 사람들이 동요되어 함께하는 모습에 걱정스러운 마음이 앞섰다. 그러나 그들은 마음의 상처를 나누며, 곧 나아질 것이라는 희망으로 서로를 위하고 있었다.

"자해는 살고 싶어서 그은 상처예요"

티티 님은 15살 때 자해를 시작해 지금까지 4년째 지속하고 있다. 스트레스를 너무 많이 받은 어느 날, 정신을 차리고 보니 팔을 물고 피를 흘리고 있었다. 상황은 잘 기억나지 않는다. 그 이후로도 너무 힘들면 팔을 꽉 무는 습관이 생겼다. 의지를 갖고 자해를 시작한 건 18살 때부터였다. 커터칼로 '아프다.' 싶을 정도로만 긋는다. 학교 다닐 때는 거의 매일 했다.

어렸을 때부터 아버지는 폭력적이었다. 한번은 티티 님을 때리려는 아버지를 막다가 어머니가 대신 맞았다. 그때 처음으로 자살을 생각했다고 한다. 9살 때였다. 아버지에 대한 원망이나 스스로에 대한 자책, 죄책감이 밀려올 때 자해를 한다. 자해가 발각되고 나서 정신과 진료를 받고 약을 먹고 있지만, 약을 먹는 것보다 자해할 때 빨리 감정이 진정된다. '내가 사람이구나. 피를 흘리고 있구나.'라는 생각을 하면서 후련해지고 살아 있음을 느낀다.

"사실은 살고 싶다는 감정 때문에 해요. 모순적이죠. 머리로는 이해를 하는데 몸은 이해를 못해요. 습관이라기보다 의무감에 가까워요. 스스로 벌을 줘야 한다는 느낌이에요. 제 개인적인 과거가 좋지 않아요. 하지만 저는 아프기 때문에 아무도 벌을 주지 않아요. 저는 벌을 받아 마땅한데 아무도 벌을 안 주니까, 스스로에게 벌을 줘야 한다는 느낌으로 자해를 해요."

누나가 자해 상처를 처음으로 발견하고 정신과에 가자고 했다. 어머니는 정신과에 가면 안 좋을 것 같다고 만류했지만 그의 팔을 보고는 결국 같이 병원에 가게 됐다. 엄마와 누나가 상처받는 게 싫어서 끊으려고 노력했지만 못 참아서 다시 몰래

했고, 이제는 과거보다 더 악화되었다.

친구들한테도 처음에는 "긁혔다." "다쳤다."고 얘기했다. 하지만 최근에는 숨길 수 없을 만큼 상처가 많아져 솔직하게 자해를 한다고 얘기했다. 어떤 친구들은 "많이 힘들겠다." "죽지 마라."라고 얘기하는데, 한편으로는 "래퍼라도 할 기세냐."라고 비아냥대는 친구도 있었다. 팔을 걷었다. 친구는 아무 말도 못했고 사이가 틀어졌다.

티티 님은 학교에 가면 아이들이 자신을 보며 비웃는 것 같고, 손이 가까이 오기만 해도 때리려고 하는 것 같은 두려움이 생긴다고 했다. 공황장애가 오고, 왕따를 당하기도 했고, 사람도 믿기 어렵다고. 가장 도움이 되는 사람은 누나와, 키우는 강아지 그리고 SNS상에서 자신과 비슷한 사람들이었다.

"서로의 불행을 비교해봐요. 이러면 안 되긴 하는데 저 사람은 나보다 더 힘들고, 나는 덜 힘들고. 그렇게 하면서 '그래 아직 나는 행복한 거야.' 이런 식으로 자기 위안을 하게 돼요. 그럼 덜 힘들기도 하고. 주위에 진짜 친한 사람이 없다 보니 온라인에서 '살 수 있다, 괜찮을 거다.'라고 말해주는 게 고맙더라고요. 겉치레가 아니라 진심으로 나를 위로해주고 있는 느낌."

다니고 있는 정신과 의사선생님도 힘이 되고 있다. 자해를 무작정 말리기보다는 "자살을 안 할 수 있으면 자해를 하는 게

낫고, 자해를 안 할 수 있다면 약을 먹는 게 낫다."고 하며 자해 자체를 무조건 말리지는 않으셨다. 친구나 부모님께는 말할 수 없는 고민을 의사선생님께 말하는 게 의지가 되었다. 약은 처음엔 효과가 없는 것 같았지만, 시간이 지날수록 '아, 내가 괜찮아지고 있구나.' 하는 생각이 들게 했다. 그는 병원을 다니면서 다시 건강해질 수 있다고 믿는다.

"자해를 나쁘게만 보지 않았으면 좋겠어요. 너무 살고 싶어서 그은 상처거든요."

비난하지 말고 기다려주세요

sue 님은 초등학교 5학년 때 자해를 시작했다. 처음에는 자학으로 시작했다. 벽에 머리를 박거나 손톱에 피가 날 때까지 물어뜯었다. 초등학교 때 집단 따돌림을 당해서 전학을 갔는데 적응하기가 쉽지 않았다. 게다가 부모님의 싸움이 잦아 동생과 매일 방 안에만 있었다. 힘든 상황에서 자학을 하면, 마음이 힘든 걸 잊을 수 있었다. 자학으로 부족하자 손목을 긋기 시작했다. 처음에는 큰 사건이 있을 때 자해를 했다. 부모님이 싸우거나 친구들과 싸웠을 때. 그렇게 힘들 때 자해를 하고 피가 나는 모습을 보고 있으면 아무 생각도 안 나고 마음이 편안했다. 그러다 점차 사소한 일들에도 자해를 하게 됐다. 팔뿐만 아니라 다리나 손, 발 여기저기를 그었다. 약하게 긋다보니 흉터는 금방 사라졌다.

그러다 올해, 학교에서 친구들과 문제가 생겨서 'wee클래스' 상담을 받게 되었다.(wee클래스란 2008년부터 모든 학교 내에 설치된 상담센터로 다양한 청소년 문제를 다루고 상담한다.) 그때 상담선생님이 손목에 있던 흉터를 발견하고 담임선생님께 알렸고, 담임선생님은 부모님께 알렸다. 하지만 부모님은 자해에 대해서 아무 말도 하지 않으셨다. 다만 모든 커터칼과 가위, 상해를 입힐 수 있는 도구를 빼앗아갔다.

"서운하지 않았어요. 오히려 모르는 척해주셔서 감사하다고 생각해요."

부모님께서는 병원에 데리고 가지 않았다. 학교 상담을 계속 받고 있고 상담선생님이 손목을 검사하는 바람에 자해는 비자발적으로 못하고 있는 상황이다. 이야기할 곳이 없었다. 주변 친구들은 다 돌아섰고 부모님은 바쁘고 선생님과는 사이가 안 좋았다. 그녀는 곧 방학이 끝나고 학교에 갈 일이 걱정이라고 했다. 선생님이 그녀가 자해한다는 것을 학생들에게 말했기 때문에 반 아이들은 그녀를 피하거나 자해하는 것을 조롱하기도 했다.

SNS에는 그녀와과 비슷한 사람들이 많았다. 주변에서 자해하는 사람을 본 적이 없으니 자신이 이상하다고 생각했는데, 그곳에는 그런 사람이 많으니 오히려 위안이 되고 안심이 됐다. 때로는 우울함으로 가득한 SNS를 보는 게 힘들기도 했다.

"이해해주길 바라기보다는 그냥 조용히 모른 척해줬으면 좋겠어요. 자신의 주변 사람이 자해한다는 사실을 알게 된다면 무조건 비난하지 말고 상대방이 직접 말할 때까지 기다려주세요."

자극은 절대로 해결책이 될 순 없습니다

"예전에는 자살과 자해를 비슷하게 취급했어요. 죽고 싶어서 한다고 말이죠. 그런데 현재는 아니에요. '자극'을 추구하기 위해 한다는 학설이 많은 비중을 차지해요. 그런데 자살로 많이 연결되는 건, 목적 자체가 자살하기 위해서 하는 자해일 경우거나 자칫해서 자살로 이어지는 경우 때문이에요."

자해와 관련한 최의헌 원장님의 말이다. 앞서 이야기했던 대로 우울증은 절대 '자극'으로 치료될 수 없다. 그렇기 때문에 자해는 반복적으로 일어난다.

"결국 이건 문제를 더 심각하게 키우는 것이나 마찬가지입니다. 비슷한 게 술이에요. 마시면 잠깐은 좋잖아요. 당장의 어려움을 잊게 하고 해소시켜주죠. 하지만 계속해서 더 자주, 더 많이 마시게 되죠. 반복적으로 자극을 추구하게 되면 계속하고, 자주 하고, 요령껏 하게 되면서 병이 낫는 데는 아무런 발전이 없어요."

“

비슷한 게 술이에요. 마시면 잠깐은 좋아요. 당장의 어려운 마음은 해소가 되니 계속 더 자주 마시게 돼죠. 문제는 해결이 안 된 상태로 반복적인 자극만 계속 추구하게 되는 거죠. 우울증을 술로 해소하는 사람에게는 ‘술 대신 약으로 바꾸자.’가 1차 목표입니다. 자해하는 분들에게도 마찬가지에요. 자해 대신 다른 것으로 바꾸는 게 1차 목표가 되는 거죠.

”

우울증을 술로 해소하는 사람에게는 '술 대신 약으로 바꾸자.'가 1차 목표다. 마찬가지로 자해를 하는 사람들도 '자해 대신 다른 것으로 바꾸자.'는 것이 1차 목표가 된다. 물론 자극은 절대로 궁극적인 해결책은 아니지만, 일단 자해로 추구하는 자극을 다른 것으로 대체할 수 있도록 하는 것이 개선의 시작인 셈이다.

너무 착해서 자신을 아프게 하는 사람들

자해를 두고 '실패한 자살'이라거나 유행처럼 번지는 충동적인 반항의 표시라고 비난하는 사람들 때문에 자해하는 사람들은 더 큰 상처를 입는다. 물론 자해가 당위성을 가져야 한다거나, 그런 행동을 옹호해주어야 한다는 것이 '절대' 아니다. 무조건적인 비난이나 다그침은 그들을 더욱 심각한 '자해'로 몰아갈 수 있다는 것이다.

"사실 자해하는 사람들은 마음이 여린 경우가 많아요. 너무 착해서 다른 사람에게 화를 내거나 해를 입히지 못하고 도리어 자신에게 푸는 것이기도 하거든요. 그렇기 때문에 더욱 세심하게 접근해야 합니다. 무작정 나무라거나 비웃거나 하는 반응은 쇠약한 그들을 더 위기로 몰 수 있으니까요."

자해 때문에 병원을 찾는 사람들 중에는 성인도 있지만 특히 청소년도 많다. 이들은 혼자 통제할 수 있는 영역이 매우 적기 때문에 우울증에 더 취약하고 괴로울 수밖에 없다. 성인들보다 심리적으로 안전하게 믿고 도움을 받을 수 있는 방안이 적어 더 쉽게 고립된다는 것이다.

자해를 발견했다면, 당연히 최대한 빨리 정신과나 전문가를 찾는 것이 가장 급선무이다. 하지만 이 과정에서 당사자를 비난하는 태도는 상황에 도움이 되지 않는다. 그렇기 때문에 일단 그들의 괴로움을 인정하는 것, 이해하려는 태도가 우선이다. 특히 청소년 심리 문제에 관해서는 좀 더 폭넓은 이해와 접근이 필요하다는 것이 전문가들의 공통적인 이야기다.

우울의 끝에서 찬란한 사람들 5

죽고 싶다는 말은 사실 '살고 싶다'는 울음이에요

우울증이 가장 위험한 이유는 사망률이 높기 때문이다. 우울증은 사망 원인 5위로 암, 심장질환, 뇌질환, 폐렴 다음으로 사망률이 높다. 우리나라에서는 하루 평균 36명이 자살을 한다. 40분에 한 명씩 자살하는 셈이다. 어쩌면 우리는 뉴스 속보에나 들 법한 대형 참사를 일주일에 한 번씩 겪는 셈이다.

'생명의 전화'는 1976년에 생긴 우리나라 최초의 전화상담기관이다. 민간에서 만든 사회복지법인으로 현재 전국 19개 센터에서 24시간 365일 힘든 사람들을 위해 상담을 진행하고 있다. 죽고 싶은 마음이 든다면 1588-9191 생명의 전화를 통해 도움을 받을 수 있다.

생명의 전화에서 오랫동안 일하신 이광자 선생님을 만났다.

살고 싶은 마음이 딱 2% 더 많아지도록

과연, 이곳에서 일하시는 분들은 죽고 싶은 사람들의 손을 어떻게 잡아주는 걸까? 죽고 싶은 사람이 전화를 하면 어떤 이야기를 들려주는 걸까?

"들려주는 게 아니라 들어줍니다. 죽고 싶다고 전화하는 사람은요, 이미 사방팔방에 죽고 싶다는 얘기를 해놓은 상태에요. 누구든지 어느 날 갑자기 죽지는 않아요. 죽고 싶다라는 말은 '살려주세요.'라는 말입니다…. 그냥 죽고만 싶다 하면 사실 죽는 건 쉬워요. 떨어지면 죽으니까요. 근데 왜 남한테 가서 죽고 싶다는 얘기를 하겠어요. 살고 싶다는 울음인 거죠, 그게.

그 사람들한테는요. 위만 보지 말고 아래만 보라는 둥, 죽을힘을 가지고 살라는 둥, 희망을 가지라는 둥, 지금은 한겨울이지만 조금 있으면 봄이 올 거라는 둥 그런 말 다 소용없어요. 그 사람이 몰라서 죽고 싶은 거 아녜요. 우리 센터에서는 그런 설교적인 말은 절대로 하지 못하게 합니다.

대신 그 사람이 죽고 싶은 마음을 이야기하도록 해요. 죽고 싶다고 얘기할 때 '무슨 어려운 일이 있었어요? 죽고 싶을 만한 어떤 문제가 있나요?' 하고 우리가 물어요. 죽고 싶은 이유와 문제를 이야기하게 하는 거예요. 주변 사람들에게 그 말을 하면 사람들은 '쓸데없는 소리 하지 말라, 시끄럽다.' 이런 식으로 반응하면서 잘 안 들어주거든요.

우리가 다 들어줍니다. 그냥 '네네.' 하고 들어주기만 하는 게 아니라 '아 그런 일이 있었군요. 어쩌면 그런 일이 있을 수 있어요. 얼마나 힘드셨어요? 얼마나 힘드셨으면 죽을 마음이 다 들었겠어요.' 이렇게 말해요. 이건 죽으라는 말도 아니고 살라는 말도 아니에요. 그 죽고 싶은 마음을 그 사람 입장이 돼서 듣는 것뿐이죠. 들어주고, 공감하고."

정말 들어주는 것만으로도 자살을 방지하는 효과가 있을까? 선생님은 그렇다고 단언했다.

"머릿속에 가득 차 있는 시커먼 연기가 있잖아요. 이걸 내 마음을 알아주는 사람에게 한바탕 풀어내고 나면 속이 후련해지는 거예요. 다들 그렇지 않나요? 그러면 바로 그때, 객관적인 사고능력이 생기게 돼요. 죽고 싶은 마음만 가득할 때는 객관적인 사고 능력이 안 생기죠. 속에 있는 시커먼 연기를 다 빼낼 수 있도록 들어주고, 알아주고 하면 그분들이 얘기해요. '그럼요. 내가 어떻게 살아왔는데 여기서 어떻게 끝을 내겠어요? 내가 죽으면 우리 엄마는…. 안 돼. 우리 엄마도 같이 죽을 거예요. 제가 정신이 없었네요. 살도록 다시 노력을 하겠습니다.'라고. 우린 늘 이걸 경험하고 있어요."

자살하는 사람들에게는 세 가지 특징이 있다.

첫 번째는 '충동성'이다. 충동적으로 자살한다는 말이 아니다. 자살 생각은 늘 하다가 자살 행위를 하는 그 순간 매우 충동적이다. 그래서 술 마신 상태에서 자살이 많이 일어난다. 다시 말하면 자살하고 싶은 순간, 그 순간이 충동적이기 때문에 그 순간만 지나면 살 수 있다. '꼭 지금 죽어야 할까, 내일 죽으면 안 되나.'라는 생각이 들게 하고 우선 그 순간을 미뤄주는 것이다. "당신이 죽으면 가장 슬퍼할 사람이 누구인가요?" 하고 묻기도 한다. 자녀들인 경우는 보통 엄마라고 얘기한다. 엄마를 떠올리면서 그 순간을 넘어가기도 한다. '자살 말고는 다른 방법이 없을까? 다른 거 다 해보고 찾다가 안 되면 그때 죽어도 되니까.'라는 생각도 이 충동의 순간을 넘길 수 있는 방법이다.

두 번째 특징은 '경직성'이다. 경직성이란 한 가지 생각을 하면 그 사고에 몰입되어 갇히는 것이다. 스스로 네모난 방을 만들고 갇혀버린다. 동그라미도, 세모도 받아들이지 않는다. 한 내담자는 세월호 사건으로 친구를 잃고 그 충격으로 자살 충동이 들어 전화를 했다. 중학교 때 그에게 단원고에 가라고 추천했다는 것이다. '나 때문에 친구가 죽었다는 죄책감을 갖게 되었다.' 이성적인 우리가 들었을 때는 그와 친구의 죽음은 개연성이 없어 보인다. 하지만 그 생각에 잠기면 절대적으로 그 생각만 하게 되는 것이다. 친구를 잃었기 때문에 슬픈 건 당연하고 아파야 하는 시기지만, 별개의 문제기 때문에 죄책감을 느낄 필요가 없다. 이렇게 자살하고 싶은 사람의 생각은 비

합리적일 때가 많다. 상담자는 이럴 때 '내가 잘못 생각하는 건 아닐까, 우울증이라면 치료를 받아야 하는 문제다.'라는 식으로 인지시키려 한다.

마지막 특징은 '양가감정'이다. 죽고 싶은 사람이 그냥 죽지 않고 죽고 싶다고 말하는 건 두 가지 감정이 복합적이기 때문이다. 한강 다리에 올라간 사람은 지금 죽고 싶은 마음이 51%다. 살고 싶은 마음보다 2% 많은 것이다. 그 사람의 마음속에는 살고 싶은 마음이 49%가 있다. 이때 상담을 통해 죽고 싶은 마음보다 살고 싶은 마음이 딱 2% 더 많아질 수 있도록 만들어주는 것이다. 이들은 스스로 내가 어떻게 해야 하는지 모르지 않는다. 살아야겠다는 것을 안다. 이야기를 들어줌으로써 살아야겠다는 말을 스스로 할 수 있도록 돕는다. 상담이 끝날 때는 꼭 지금 마음이 어떤지 묻는다.

"마음이 편해요. 자칫 잘못하다가 나를 죽일 뻔했네요."

"그래요. 그런데 앞으로 살다보면 다시 죽고 싶은 마음이 또 들 텐데 그땐 어떻게 하시겠어요?"

"죽고 싶은 마음이 또 들겠죠. 그럴 때는 다시 이곳으로(생명의 전화) 연락하거나 상담을 받거나 친구에게 이야기해봐야겠네요. 무조건 뛰어내리지는 않겠습니다."

이렇게 약속을 받는다. 약속대로 안 될 수도 있지만, 죽고 싶은 마음이 들 때 '아, 그때 그런 약속을 했었지.' 떠올릴 수 있다.

생명의 전화가 당신의 편이 되어드립니다

생명의 전화는 사회복지법인이고 후원금으로 운영된다. 자살예방 걷기대회 등을 통해 생명 존중의 활동을 널리 알리거나, 자살을 예방하는 직접적인 활동을 한다. 1588-9191 생명의 전화에는 하루에 60여 통, 1년에 2만여 건의 전화가 걸려온다. 한강 다리 위에 설치된 SOS 생명의 전화를 받는 일도 한다. 1년에 1천여 건, 하루 평균 3건 정도가 걸려온다. 1,000건 중 200여 건은 119가 출동하여 구조하고, 800건은 전화상담으로 끝난다. 유가족 상담도 한다. 한 명이 자살하는 경우 친구, 동료를 포함하면 10~20명의 유가족이 생기는 것이다. 부모나 자녀, 배우자가 자살해서 힘들어하는 유가족들은 월 1회씩 모여서 집단 상담을 한다. 교도소에서 자살 고위험자를 대상으로 상담을 하기도 한다. 생명존중문화를 확산하기 위한 활동들을 다방면으로 하고 있다.

한편, 포털에 '자살예방전화'를 검색해보면 오히려 전화를 걸었다가 상처를 받았다는 사람들의 글을 종종 볼 수 있다. 자살충동이 나도 그런 글 때문에 전화를 했다가 상처받을까 봐 겁이 난다는 인터뷰이도 있었다. 실제로 그렇게 면박을 당하는 일도 있는 걸까?

"우선 인터넷의 그런 글들이 생명의 전화를 지칭하는 건지는 알기 어렵습니다. 최근에는 전화상담 기관이 많이 생겼어요. 불교에서는 자비의 전화, 평화의 전화, 어린이를 위한 희망의 전화, 신천지 사랑의 전화도 있어요. 하지만 생명의 전화는 42년째 이어오는 전화상담의 경험을 가지고 있으며, 상담원들은 1년 이상 교육을 받은 자원봉사자들로 구성이 돼요. 상담이론을 배우고 실습을 하면서 오랜 교육 끝에 연간 50여 명의 상담원이 양성됩니다. 이들은 무보수 자원봉사로 활동하고 계시니 엄청난 사명감으로 임하고 있는 거죠.

물론, 그럼에도 사람이 운영하기 때문에 다양한 일이 일어날 순 있습니다. 상담원이 무슨 말을 해도 들어줘야 한다고 생각하고 불평불만, 욕설, 음란전화를 거는 경우는 다반사고요. 중독적으로 전화를 하거나, 같은 문제로 여러 기관에 전화하기도 하는 분들도 계시고요. 일반 콜센터와 같은 감정노동의 문제가 발생하죠. 하지만 이들이 전화하는 이유는 아무에게도 말하기 어려운 것을 내 얼굴을 모르는 비밀이 보장된 사람에게 이야기하고 싶어서이기 때문에 정말 잘 듣고 친절하게 하려고 애써요. 오해는 늘 있을 수 있지만…. 앞서 말한 극단적인 경우가 아니라면, 정말 힘이 들 때 전화하면 반드시 도움을 받을 수 있습니다. 걱정하지 마시고 전화하셨으면 좋겠습니다."

실제로 생명의 전화는 많은 자살의 순간을 방지해왔다. 하지만 그렇지 못한 순간도 있었다. 최근 한강 다리에 설치된 SOS 생명의 전화 쪽으로 한 여성분이 문의를 해왔다. 얼마 전

한강에서 자신의 남편이 자살을 했다고. 혹시라도 남편이 죽기 전 SOS 생명의 전화에 전화를 하지는 않았는지 전화 기록을 찾아봐달라는 것이었다. 만약 전화했다면 마지막 이야기가 무엇인지 알고 싶다고 했다. 하지만 그날 그 다리에서 걸려온 전화는 없었다. 혹시 그가 생명의 전화를 했더라면 살 수 있지 않았을까. 모두가 안타까웠다고. 이렇게 미처 생명을 살리지 못하는 순간도 발생한다.

생명의 전화를 받는 상담원들에게는 바로 구급대를 출동시킬 수 있는 버튼이 있다. 그럼에도 상담원들은 혹시 내가 상담을, 말 한마디를 잘못해서 누군가가 뛰어내리면 어쩌나 하는 불안감이 늘 있다고 한다. 또 상담을 하다가 내담자의 문제에 너무 공감해 빠져버리는 경우도 있다. 상담이 끝나면 그 내용을 잊어버려야 하는데 계속 생각이 나고 꿈도 꾸는 '역전 현상'이 일어나는 것이다. 이를 위해 달마다 회의를 하고 사례를 공유하면서 끊임없이 대처해나간다.

한 번뿐인 소중한 삶에 대한 경외심을 갖고 사람의 생명을 구하는 일에 힘쓰고 계신 분들. 그분들이 구하는 것은 한 사람의 인생이었다. 아니, 그 사람의 인생뿐만 아니라 그를 사랑하는 수십, 수백 명의 마음이었다.

10

상담실에서는 — 어떤 이야기가 오고 갈까?

"우리가 갖는 두려움을 쪼개고 쪼개서 보면 구체적인 대상이 있어요. 예를 들면 부모님이 실망하는 모습을 보는 게 두려운지, 또래 친구들에 비해 뒤처지는 게 두려운지 아니면 내가 뭔가를 못한다는 열등한 느낌이 두려운지…. 쪼개고 쪼개서 그 두려움에 조금 더 집중해보세요."

실제 상담에서는 어떤 대화를 나눌까? 전문가와 이야기를 나누는 것만으로 우울증에 차도가 생길 수 있는 걸까? 사실 많은 사람들이 상담치료에 대해 반신반의하는 것이 사실이다.

"상담을 받아보진 않았지만, 그냥 내 얘기 잘 들어주고 위로해주고…. 그런 거 아닌가요? 가족이나 지인도 충분히 해줄 수 있는 말을 듣게 될 것 같은데, 적지 않은 금액을 내고 선뜻 받아보기가 좀 그래요."

상담의 구체적인 '모습'을 알 기회가 없다보니 대부분 이런 편견을 가지고 있고, 센터를 찾기 힘들다. 우리는 있는 그대로의 실제 상담 모습을 담아보기로 했다. 이에 선뜻 무료 상담을 허락해주신 변지영 선생님께서는 "상담이란 사실 백문이불여일행이겠지만, 보는 것만으로도 도움이 될 것."이라고 하셨다.

프로젝트 채널을 통해 상담 희망자를 모집했고 순식간에 수많은 신청자가 몰렸다. 변지영 선생님과 신청자의 정황과 상태, 기대되는 상담 효과 등 여러 가지 요소를 두고 논의 끝에 내담하실 분을 정했다. 아래는 내담자 A양과 변지영 선생님이 진행한 약 한 시간가량의 상담 내용이다.

먼저, 우울의 강물을 거슬러 올라가 볼게요

선생님 어떤 일로, 어떤 마음으로 상담을 신청해주셨나요?

내담자 정신의학과를 다니면서 안정제를 먹고 불안 증세는 완화되고 있긴 한데, 그걸 먹음에도 불구하고 1~2주에 한 번 꼴로, 감정 기복이 굉장히 심해져요. 할 일을 잘 못하고, 하루를 날리는 기분, 망치는 기분이 계속 들어요. 계속 울고 무기력하고 과제에 집중할 수 없고 그렇다고 누구한테 하소연하기도 미안하고…. 그냥 혼자 삭이고 앓고 하는 날들이 반복되는 게 너무 힘들어요. 선생님.

선생님 용기 내 신청해주신 것 감사드려요. 우선 아까 약물 복용 말씀하셨는데, 언제 처음으로 약물을 처방받고 먹기 시작했나요?

내담자 3년 전 봄이요.

선생님 무슨 특별한 일이 있었나요?

내담자 그런 건 아닌데…. 그냥 대학 전공이 굉장히 안 맞았어요. 그걸 계속 꾸역꾸역 버티고 자괴감을 계속 쌓고 있었어요. 집에서 떨어져 지내면서부터 더 힘들었던 것 같아요. 혼자 사는 것에 외로움을 많이 느꼈어요.

선생님 애초에 잔잔한 무기력이 쭉 있었다고 했잖아요. 그게 시작된 때를 기억할 수 있겠어요? 언제부터 그 무기력이 생겼는지.

내담자 제가 그때 당시 자취가 아니라 40분 정도 학숙에서 통학을 하고 있었어요. 작은 버스를 타고 다녔는데 그날따라 운전기사분이 버스를 격하게 모는 거예요. 사고 날 것처럼. 평소 같았으면 '왜 이렇게 무섭게 운전하지? 좀 안전하게 하지.' 이렇게 생각했을 텐데 그날은 '아 그냥, 이대로 사고 나서 죽어버렸으면 좋겠다. 학교 안 가버렸으면 좋겠다.' 이런 생각이 들더라고요. 학교에서 집까지 돌아오는 길이 너무 힘든데 또 혼자 술은 못 마시겠더라고요. 그래서 당시 매일 혼자 박카스를 까먹으면서 힘든 마음을 삭이며 집까지 걸어왔어요.

선생님 대학교 1학년 때인 건가요?

내담자 2학년 때요. 그리고 집에 와서 과제를 하는데 도저히 못하겠는 거예요. 사실 당시에 수업에도 거의 집중을 못하긴 했어요. 내용은 너무 어렵고 나보다 똑똑한 사람들은 많고, 그렇다고 노력을 엄청 해서 공부를 하지도 못했어요. 근데… 너무 스트레스가 컸어요. 초코칩 같은 걸 항상 사들고 다니면서 그 자리에서 다 먹었어요. 토할 정도까지. 그리고 거의 울면서 완성을 해 제출하긴 했는데, 소위 '똥글'을 냈죠.

선생님 내가 일단 어렵고 재미가 없고, 노력해서 잘하고 싶진 않은데 하긴 해야 하고…. 아주 부담스럽고 힘든 상황이었네요. 그런데 원래 본인이 잘해야겠다는 마음이 강해요? 그전에도 그랬어요? 잘해야 한다는 생각.

내담자 어릴 때부터 좀 그랬던 거 같아요. 늘 인정받고 칭찬을 받으며 자라서 그런지 대학에 와서는 제 학점이 낮고, 내가 특출나지도 않고 인정받지 못하니까…. 1학년 때는 다른 활동들로 바빠서 거기 집중하느라 공부 많이 못해도 괜찮다, 이런 마음이었는데 2학년이 되니까 전공을 들어가야 하잖아요. 제가 거기 부응하지 못하는 게 힘들었어요.

선생님 내 노력으로, 열심히 하면 웬만큼 결과가 잘 나온다는 믿음이 있는데, 거기에 처음으로 금이 갔네요. 대학교 2학년 때.

내담자 네. 약간 노력으로도 안 뚫릴 것 같은 넘사벽 같은 사람들이 너무 많았어요. 수강을 같이 하는 학생들 중에…. 고학번 선배들이 너무 똑똑하고 발표하는 걸 보는데 교수님처럼 거의….

선생님 거기 압도가 되어버렸네요.

내담자 네. 저는 한낱….

선생님 나는 뭘 해도 안 될 것 같고 초라하고 남들 다 잘나가는 것 같은데 나 혼자 길 잃은 것 같고 외롭고…. 이런 느낌이 복합적으로 왔겠네요. 사람들은 힘들면 누구한테 의지하거나 풀잖아요. 어떤 편이세요? 힘들면 어떻게 하나요? 털어놓을 사람이 있나요?

내담자 지금은 엄마한테 털어놓고 남친이 있을 땐 남친한테 털어놓고 또…. 종종 동생한테도 털어놓고. 대학교 베프들 단톡방에 종종 털어놔요. 대학교 베프들한테는 미안한 마음이 있어요. 제가 술을 마시고 방황하는 제 모습을 필터링 없이 보여줬거든요. 애들은 보고 싶지 않았을 수 있는데 제가 다 분출을 했어요. 아직 나에게 믿음과 애정이 있으니까 옆에 남아 있다고 생각하지만, 조금만 더 과하면 떠날 수도 있겠다, 나한테 질리고 지칠 수도 있겠다는 생각이 들어서 선을 긋는 것 같아요. 여기까지만 하자. 애들이 더 들으면 힘들 것 같아. 그래서 울면서 혼자 삭이고, 삭인 다음에 '사실 어제 나 힘들었었다.' 이정도만 말해요.

선생님 주로 혼자 우는 걸로 푸는 군요. 울고 나면 기분이 나아지나요?

내담자 요새는 기분이 나아지는 것 같지는 않아요. 그냥 울음이… 주체할 수 없이 터져나오는 거 같아요.

선생님 그럴 때는 어떤 느낌이에요? 내가 불쌍하나요? 답답하나요?

내담자 네…. 제가 좀 불쌍한 것 같아요. 전에 사귀다 헤어진 남친에게도 제가 너무 희생을 많이 했고 잘해줬던 것 같아요.

선생님 누구를 만나도 되게 열심히 맞추고 잘해주고 노력을 하네요?

내담자 그런 것 같아요. 다음번엔 정말 저한테 맞춰주는 사람을 만나고 싶어요. 제가 애정을 갈구하지 않아도 알아서 애정을 퍼주는 사람. 이상하게도 그런 사람일 줄 알았는데 초반에는. 또 만나보니까 근본적인 다름이 있어요.

선생님 항상 나한테 역할이 주어지면, 혹은 역할이 없어도 내가 이걸 해야 한다고 생각하면 열심히 하고 잘해야 하고, 그러지 않으면 무시를 받거나 버려질 것 같은 두려움이 들고…. 되게 본인을 채찍질하면서 쥐어짜는 것처럼 느껴지네요. 어렸을 땐 어땠어요? 초등학교 때나….

내담자 첫째 딸이기도 하고. 초등학교 4학년 때부터 공부를 하기 시작했는데 그때 1등을 한 번 하니까 놓치고 싶지 않은 거예요. 계속 열심히 공부했어요. 과제 같은 거 방학숙제도. 친구들은 엄마가 도와주고 그러는데 저는 혼자 다 했어요. 엄마가 도와줘도 만족이 안 되더라고요? 차라리 제가 하는 게 낫고 갑갑하고. 혼자 잘해내야 한다는 의무감? 믿음? 그런 게 있었던 거 같아요.

선생님 그런 믿음은 어디서 온 거 같아요? 부모님이 말씀하신 부분인가요?

내담자 엄마아빠는 어렸을 때 저한테 공부 열심히 해라, 강요하진 않았어요. 근데 그냥 제가 잘해오면 좋아하시는 정도? 그저 제가 칭찬받는 게 좋아서 그랬는지, 아니면 제 스스로

1등해서 어디 나가고, 선생님들이나 같은 반 학생들에게 인정받는 기분이 좋았던 건지… 초중학교 내내 공부 열심히 하는 아이라는 정체성밖에 없었던 것 같아요.

선생님 수능은 잘 쳤어요?

내담자 아뇨. 그때 국어를 보는데, 저는 원래 한 번도 떤 적이 없어요. 모의고사를 하도 많이 봐서. 근데 처음으로 떨리는 거예요. 국어를 보는데 정신이 나가서 집중을 아예 못했어요. 80몇 점 받았던가? 4~5등급을 받았어요. 수학부터는 정신을 가다듬고 나머진 다 잘 봤죠. 전체 총점을 봤을 때 국어가 영향을 끼쳐서 원하는 대학을 못 가는 수준이었는데. 운이 좋게도 수시가 돼서 학교를 갔어요.

선생님 나는 잘할 수 있는데도 부담이 오면 잘하지 못하는 면이 있네요. 동시에 통제 능력이 강해서 정신 차리고자 의지가 있으면 원 상태로 돌아가서 끌어갈 수 있는 능력이 있고요. 그런데 어떻게 보면 통제하고 끌고 오는 힘만 주로 쓰다 보니까, 제가 볼 때는 '힘이 바닥난 느낌'이에요. 다 써버린 것 같아요.

사람이 좀 달래면서 데려가야 할 때도 있고, 혼내야 할 때도 있고 두루두루 다양한 작전으로 나를 데리고 가야 하는데. 계속 정신 차려, 똑바로 안 해? 집중해! 이렇게 한 방향으로만 끌고 가다 보니까 파업하기 직전인 그런 느낌이에요. 되게 지쳤을 거 같아요.

내담자 통제를 계속 했던 거 같아요.

선생님 뭐가 제일 두려웠어요? 상상해보세요. 애들이 다 잘나가요. 나는 여기서 중간도 안 돼요. 뭐가 제일 두려워요?

내담자 전 사실 취업이나 성공…. 그런 것들에 대한 두려움은 없는 것 같아요. 그냥 그 회사를 다니고 일상생활을 하는 데 갑자기 훅 치고 들어오는 무력감. 의욕이 없음. 왜 살아야 되는지를 모르겠고. 그런 것들? 그게 가장 두려웠던 것 같아요.

선생님 우리가 갖는 두려움을 쪼개고 쪼개서 보면 구체적인 대상이 있어요. 예를 들면 부모님이 실망하는 모습을 보는 게 두려운지, 또래 친구들에 비해 뒤처지는 게 두려운지 내가 뭔가를 못한다는 느낌이 두려운지…. 쪼개고 쪼개서 그 두려움에 조금 더 집중해보세요. 수업시간이 될 수도 있고, 과제를 할 때일 수도 있어요. 그런 하나의 상황을 떠올렸을 때, 순간 갑자기 두려움이 훅 밀려온다거나 다 내려놓고 싶다는 느낌이 드는지. 뭐가 제일 두려워요?

내담자 제가 뭔가를 못해내는 거요. 만약 과제가 내일까지인데, 그걸 못 냈다고 생각하면 그 순간이 가장 두려운 것 같아요. 못 낼 수도 있는 건데. 그냥 C 받고 F 받으면 되는 건데.

선생님 마감 전에 과제를 못 내본 적 있어요?

내담자 마감 전에 상의를 해서 마감 기한을 늘린 적은 있지만 웬만한 건 기한 내에 냈어요.

선생님 대체로 책임감이 강했네요. 그런데도 그걸 못할까 봐 늘 압도되어 있었어요. 그런데 이 두려움은 과제를 완수하지

“

사람이 좀 달래면서 데려가야 할 때도 있고, 혼내야 할 때도 있고 두루두루 다양한 작전으로 나를 데리고 가야 해요. 그런데 우리는 계속 ‘정신 차려, 똑바로 안 해?’ 이렇게 한 방향으로만 나를 끌고 가다 보니까 결국 스스로 파업해버리는 거예요. 너무 지쳐버리는 거죠.

”

못할 것에 대한 두려움은 아닐 수 있어요. A양은 결국 해내는 사람이잖아요. 다시 생각해볼게요. 그것 말고 또 내가 두려워하는 게 있다면 어떨까요?

내담자 제가 뭔가 만족스러운 결과를…. 스스로 만족스러운 결과를 내지 못하는 것에 대한 두려움이 큰 것 같아요. 약간…. 열등감이 있거든요. 제가 학점이 안 좋다보니까 이번 학기에 성적을 잘 받고 싶다는 생각이 컸어요. 이제 졸업이 다가오니까요. 이상하게 누군가 학점만 얘기하면은 말하고 싶지가 않아요. 안 물어봤으면 좋겠고, 창피하고 주눅이 들더라고요. 다른 친구들은 전혀 그렇게 생각 안 하겠지만요.

선생님 나한테 학점이 중요한 이유는 취업과 관련한 그 이후를 생각해서 그런가요, 아니면 학점 자체가 나를 열등하게 상징하는 걸 더 못 견디는 건가요? 내가 여기서 못한다. 이런 느낌?

내담자 네. 그런 상징이요. 분명, 학점이 3.5 이하더라도 다른 거 열심히 하다 보니까 그렇게 나온 걸 수도 있는데 저는 무조건 '3점 후반 정도는 돼야 대학생활을 성실하게 했다.' 이렇게 보는 것 같아요.

선생님 그건 누구의 기준이에요?

내담자 그냥 제가 만들어낸 것 같아요.

선생님 다른 사람들은 그것에 별로 시달리지 않는데, 나는 스스로 그런 기준을 만들어서 나 자신을 시달리게 하네요.

내담자 그래도 취업과 아주 관련이 없진 않을 거예요. 학점이 최소 3.6 이상은 되어야 한다는 말을 계속 듣다 보니까 그 기준에 부합하려고 이러는 것 같기도 해요.

선생님 내 스트레스가 100이면 취업에 대한 건 얼마나 차지하는 것 같아요?

내담자 지금 상태에서 50은 되는 것 같아요.

선생님 취업에 대한 스트레스도 만만치 않은 것 같네요…. 취업을 잘 하려면, 지금 내가 할 수 있는 게 학점 말고 또 뭐가 있어요? 어떤 계획을 가지고 있나요?

내담자 학점만 올리기도 벅차긴 한데, 종강하면 토익이나 컴활, 사회조사 분석사 자격증을 따려고 해요. 그리고 자소서를 잘 써야 돼서, 여러가지 채용 공고를 보면서 자소서 쓰는 연습을 하고 있죠. 또 자격증이 필요한데요. 그다음 학기 9학점을 듣고 또 인강 3학점 보완해서 들으면 총 14과목을 완수를 하면 2급 나오고, 그다음 년도 1월에 1급 시험 치면 1급이 나오는 거예요. 그것까지 완수할 계획이에요.

선생님 엄청난데요? 그걸 그래도 계획을 잘 실행해가고 있네요. 결국 그 일을 하게 되면 만족스러울 것 같아요?

내담자 하루 벌어 하루 먹고 알바만 하는 그런 생활을 평생 할 수는 없으니까. 어떤 직장을 갖고 안정적으로 사는 게 더 나으니까.

선생님 혼란을 피하기 위해서 안정적으로 가고 싶은 거지, 그곳을 너무 원하고 그런 것이 아닌 것 같네요. 그러면 내가 A를 피하기 위해 B를 하는 것이기 때문에, 이 과정이 매우 힘들 거고. 결국 해내고 나서도 이후에 썩 만족스럽지 않을 가능성이 높겠네요.

내담자 네. 그런 것 같아요.

내 마음이 만들어낸 가짜 '벼랑'에 속지 마세요

선생님 엄마아빠가 나에 대해 한마디 하신다면 뭐라고 하실까요?

내담자 너무 착한 애. 약아야 되는 애. 이렇게 생각하실 것 같아요. 아빠는 혼자서도 잘해내는 딸.

선생님 너무 착한 애. 약지 못한 애. 혼자서 잘하는 애. 이 모습에서 한 번도 크게 벗어난 적이 없는데, 그런데 그게 나를 행복하게 하진 않는 거네요. 때로는 그게 나를 질식하게 하는 거죠. 그분들을 실망시키고 기대에 어긋나는 게 본인은 너무 싫은 거예요. 너무 끔찍하게 싫은 거예요.

내담자 맞아요, 선생님. 그렇게 하지 않는다고 죽는 것도 아니고. 그냥 부모님 잠깐 안 보고 살 수도 있고…. 그걸 왜 그렇게까지 두려워하지?

선생님 부모님이 연을 끊을 수도 있을 것 같아요? 내가 실망스러운 행동을 하면?

내담자 아뇨, 그러지는 않은데… 그냥 제가 집을 안 내려가겠죠. 비슷한 얘기로 제가 담배를 피우고 있는데. 그걸 작년 초쯤에 고백했어요. 나 사실 담배를 피우고 있다고. 부모님은 놀라서 왜 피우냐, 끊어라 하셨는데 엄마는 그나마 저를 좀 이해해주시는 것 같아요. 제가 엄마 앞에서만 안 피우면 되니까. 엄마 없을 때만 피우라고. 아빠는 되게 강경하셨어요. 그래서 싸우기도 많이 싸웠거든요. 근데 담배를 제가 왜 피우는지 저도 정리가 안 된 상태여서…. 그냥 힘들어서 피운다. 삶이 너무 힘들다고 하면 삶이 뭐가 힘드냐, 너만 힘드냐 이런 식으로 자꾸 따지고 드시니까 전 이제 대화를 거부하고요.

선생님 아마 이렇게까지 해도 부모님이 나를 받아줄까? 이래도 나를 있는 그대로 인정해줄까? 테스트해보고 싶었을지도 몰라요. 근데 약간 실수하신 게, 남자 어른들의 담배에 대한 선입견이 어마어마하잖아요. 여자가 담배 피운다? 충격적인 거죠. 소재를 잘못 선택한 것 같아요. 아빠 입장에선 학점 떨어지는 게 더 나았을 텐데.

내담자 맞아요. 근데 아버지는 오히려 학점에 대해 쿨하거든요. 그냥 3점만 넘겨라. 사회생활 잘하는 게 중요하지 대학교 필요 없다. 이런 마인드이신데 전 오히려 그것과 반대로 하는 거죠. 학점은 제가 포기 못 하겠는데요? 아버지가 제 대신 과제하고 공부해주실 거 아니잖아요. 그냥 알아서 하게 놔두세요.

선생님 집안에서 나는 독립적이고, 웬만한 문제는 알아서 하고 엄마아빠에게 치대거나 기대지 않는다라는 모습을 보이려 무척 애쓰네요. 그러니까 나는 사실 문제가 생기면 되게 외로운 거예요. 사실은 아주 별거 아닌 문제도, 갑자기 절벽처럼 보이고 나만 벼랑에 서 있는 느낌을 받을 것 같아요.

내담자 네, 그런 꿈을 자주 꿔요. 꿈에서 누가 나를 죽이려고 쫓아 오고 잡혀서 저는 살려주세요, 애원하다가 가위 눌려서 깼거든요.

선생님 대부분 장녀들이 (모두 그런 건 아니겠지만) 공부를 잘했고 책임감이 강했고 성실하고 독립적인 분들이 많아요. 그런 장녀들이 나이가 들면서 이런 어마어마한 짐을 짊어지고 에너지가 소진돼서 상담받으러 많이 오시거든요. 농담 반 진담 반으로 혹시 상담은 장녀들만 오는 거냐고, 그런 말을 할 정도니까.

근데 보면 그분들 다 훌륭한 분들이에요. 훌륭하니까 부모와 가족들의 기대를 저버릴 수 없던 거죠. 애초에 개차반이면 기대하지도 않았을 텐데, 본인이 그 기대를 충족시킬 만하니까, 그들이 내게 기대하는 것 같으면 내가 더 잘하고 싶고, 해내고 칭찬받으면 또 하나 더하고…. 스스로 계속 그걸 쌓다가 나중에 그것에 치이고 질식당하고 마는 거죠. 하루아침에 다 내려놓고 막 살자 할 수도 없는 거고요.

그런데요. 내가 이제까지 해온 착한 딸, 독립적인 딸 역할을 하루아침에 버릴 수는 없겠지만, 그 흐름을 볼 필요는 있어요. 예를 들면 이런 시나리오를 그려보는 거예요. 과제를 하거나 뭔가를 하다가도 또 그 압박감이 확 올라오잖아요. 그럴 때는 감정을 억누르려고 할 필요 없어요. 좀 넓은 공간으로 나가서 우세요. 운다는 건 속에 있는 걸 꺼내는 거거든요. 그럼 일단 순간적인 감정과 긴장은 내려놓을 수 있잖아요. 이때 해야 할 작업들은, 지금 내가 어떤 마음이 있어서 이렇게 격렬한 반응이 나오나. 되게 잘하고 싶나? 이때는 종이에 써보는 게 도움이 될 수 있어요. 써 봐요. 왜? 왜 잘하고 싶은데? 그럼 두 가지로 나눌 수가 있어요. 내가 지는 게 싫어서, 못하는 게 싫어서. 이 방향이 있을 수 있고, 부모님을 실망시키기 싫어서일 수도 있어요. 여기서 부모님 영역은 다시 이렇게 생각해보세요. '아버지가 학점을 그렇게 집착하시는 분도 아니고, 어머니도 이해해주실 만한 분이기 때문에 이건 내가 과하게 느낀 거야. 그들은 크게 요구하지도 않았는데 나 혼자 절 좀 보세요, 저 훌륭하죠? 하고 있는 꼴이야. 그렇다면 이제 이건 내려놔도 되는 거다.'

그럼 이제 나 스스로 지기 싫고 잘하고 싶은 영역을 볼 게요. 이런 마음은 또 어디에서 오나요. 사람이 10명 모이면, 거기서 1등, 2등 하고 싶은 사람 있을 수 있어요. 승부욕이 강한 사람들이죠. 단순한 승부욕은 졌을 때. '내가 졌어? 오케이. 다른 전공. 다른 거 잘하면 되지.' 이렇게 자기가 인정받을 수 있는 곳으로 가요. 그런데 그게 아니라 여기서 밀릴까 봐, 그냥 다른 사람들한테 밀리는 게 너무 싫어서 나한테 어마어마한 의미가 있는 것도 아닌 것들에 매달리는 거죠. 이건 단순한 승부욕이 아니라 굉장히 복합적인 감정이 들어 있는 거예요. 그러니까 사실 과제라는 것은 요만한 돌덩이에 불과한데, 갑자기 절벽이 되고 나는 초라해지면서 벼랑으로 몰려요. 이건 누가 만든 걸까요? 내 마음이 만든 거예요. 여기에 속으면 안 돼요. 이런 게 나를 오랫동안 지배하도록 내버려뒀기 때문에 이런 생각 패턴에 중독된 거나 다름없어요. 이걸 알아차려야 돼요.

이럴 때는 주문을 외워주세요. "정신 차려. 다시 하면 되지 과제. 그렇게 어려운 거야? 그렇게 대단한 거야? 아주 잘할 필요도 없고, 대충 대강 잘 하면 돼. 그 정도만 해도 돼." 이렇게 스스로에게 말하고 일단 과제는 과제대로 하는 거예요.

그러고 나서 아까 올라왔던 마음을 다시 잡는 거예요. 내가 그렇게 밀리고 싶지 않은 마음에는 뒤에 어떤 두려움이 있나. 나는 다른 사람이 되게 부러워할 만큼, 되게 잘난 직업을 가지려고 하는 것도 아닌데. 이타심이 많고. 공감력도 좋고, 사람을 잘 돌보는 장점이 있는데. 그런데 이런 사람들이 대부분 승부욕이 없거든요. 나는 양날의 칼을 쥐고 있단 말인 거죠. 나는 잘 해야 돼. 이타적이고 욕심이 없으면서도 기왕 할 거면 잘 해야 되고 열심히 해야 된다는 압박. 물론 사람 마음은 복잡해서 두루두루 가질 수 있긴 한데 어느 하나가 좀 과장되어 있다는 거예요.

이건 제 느낌인데 A양의 경우는 승부욕이 가짜일 가능성이 높아요.

내담자 그런 것 같아요. 이타심은 제가 가만히 있을 때도 나오니까요.

선생님 좋아요. 그럼 승부욕이 가짜인 거네요. 아주 중요한 걸 알아차렸네요. 승부욕은 가짜인데 그게 내 안에 들어와 있다. 그럼 이 불안은 어디서 왔을까요. 이번엔 불안을 그냥 바라보면 돼요. 그 불안에 압도되지 않는 건요, 처음엔 과제를 정확하게 보는 거예요.

'내가 뭘 하면 돼?' '리포트 A4 세 장' 이렇게 딱 양으로 환산하는 거예요.

'언제까지?' '24시간 남았어.' '이거 못해?' '하면 돼.'

잘하라는 게 아닌 거예요. '잘'하는 건 '질'의 문제니까 우리가 측정할 수가 없잖아요. 질은 버려요. 양으로만 따져요.

'몇 장?' '세 장.' '언제까지?' '내일까지.' '몇 페이지?' '20페이지.' '오케이.'

그럼 그냥 하면 되는 거예요. 불안하지만 그냥 과제를 하세요. 그렇게 한 세 번 정도 뚫고 나면 또 불안이 느껴져도 담담해질 수 있어요.

"넌 너대로 불안하시고요. 난 나대로 제출할 수 있어. 난 과제 하겠습니다."

이런 시니컬한 마음으로. 그렇게 과제를 하고 나서 한 번 달래주는 거죠. 산책하면서.

"너 아까 불안한 거 또 올라왔더라? 그건 어디에서 오는 거야? 내 어떤 욕구? 나는 사실 제주도에 가서 사람들과 나누면

"

마음이 헷갈릴 때는, 내가 정말 싫은 게 뭔지, 내가 정말 원하는 게 뭔지 한 꺼풀 벗기고 들어가다 보면 그 안에 진짜 내 욕구를 볼 수 있어요. 좋아하는 거 싫어하는 거 두 개를 쪼개는 작업이잖아요. 압도 되지 않을 수 있어요. 우리는 이걸 한 덩어리로 느끼기 때문에 자주 압도되는 거예요.

"

서 평화롭게 여유 있게 그렇게 살고 싶은 인간인데. 나한테 어울리지 않게 안달복달하는 마음은 어디서 오는 거야? 뭐가 그렇게 싫어? 뭐가 그렇게 좋아?"

마음이 헷갈릴 때는, 내가 정말 싫은 게 뭔지, 내가 정말 원하는 게 뭔지 한 꺼풀 벗기고 들어가다 보면 그 안에 진짜 내 욕구를 볼 수 있을 때가 있거든요. 좋아하는 거 싫어하는 거 두 개를 쪼개는 작업이잖아요. 압도되지 않을 수 있어요. 우리는 이걸 한 덩어리로 느끼기 때문에 압도되는 거예요. 실험처럼 생각하는 거예요. 불안함이 밀려오면 '잘됐다. 올 놈이 왔구나. 오늘 실험 들어간다.'라는 마음으로. 과제를 명확하게 계량해서, 확실한 애만 쓰세요. 몇 페이지, 마감 언제. 그런 것만 모아서 일단 해치워버리고. 그다음에 달래주고요. 잘하겠다는 마음을 내려놓고, 마감만 하겠다. 제출만 하겠다. 이런 마음으로 하다보면 잘할 가능성이 높은 분이예요.

반복되는 문제의 패턴, 그 연결고리 연애

선생님 또 하나 보이는 게 연애 패턴인데요. 이전 남자친구와 관계가 주로 내가 돌보는 쪽이었다고 아까 얘기했었죠? 남자친구나 연애 관련해서 도저히 참을 수 없고, 계속 반복돼서 돌아가는 문제가 있나요?

내담자 얘가 나를 만나면서 한심하게 보진 않았을까. 전 그런 게 조금 마음에 걸려요. 제가 자존심이 진짜 강한 것 같아요. 무시당하는 거 너무 싫고요.

선생님 그러네요. 무시당하지 않으려는 마음이 크네요.

내담자 예전에도 당시 남자친구한테 무시당하는 거 같아서 많이 힘들었었거든요. 내가 무식한 것 같고, 얘보다 공부를 덜 하는 것 같고. 그런 부분에서 정말 무시당하고 싶지 않은 기분.

선생님 혹시 내가 누구를 무시했던 적 있어요? 아니면 가족이나 친구에게 무시당한 경험은요?

내담자 음…. 무시당하는 걸 많이 본 거 같아요. 아빠가 엄마를 좀 무시하는 경향이 있으세요.

선생님 어떤 면을 무시하셨나요?

내담자 아빠는 되게 약간 빠릿빠릿하고 성격이 급하세요. 엄마는 여유로운 성격인데, 그걸 아빠는 둔하다고 보시는 것 같아요. 전 그런 측면에서 많이 화가 났죠. 왜 엄마한테 저렇게 뭐라 하는 걸까. 그러면서 저도 모르게 아빠한테 욕 안 먹으려고 빠릿빠릿하게 살게 됐어요. 어디 외출하려고 하면 아빠가 화낼까 봐 빨리빨리 하면서 저도 같이 엄마를 재촉하고.

선생님 내가 무시당하는 게 되게 싫고 그런 낌새만 느껴져도 파르르 떠는 데에는, 누군가가 무시당하는 게 너무 싫었던 경험과 관련이 있어요. 대부분 부모나 형제자매와 관련 있는 경우가 많아요. 제가 느끼기에 아버지가 어머니를 일상적으로 무시를 했던 것이 A양은 너무 싫었던 거예요.

대부분 큰딸들은 엄마에게 감정이입을 많이 하기 때문에

엄마가 행복하길 바라요. 근데 엄마를 가만 보니까 그렇게 행복해하는 것 같지 않네? 아빠가 엄마를 틈틈이 무시하네? 그럼 이게 어떻게 되냐면, 엄마와 나를 동일시하거든요. 나는 절대 저렇게 살면 안 되겠다. 엄마가 되게 좋고, 아빠한테 대항하면서도 나는 저 꼴을 당하면 안 되기 때문에, 나는 저 사람이랑 같으면 안 되는 거예요. 나는 무시받으면 눈 뒤집어지는 거죠. 나를 뭘로 보고? 열심히 한다니까? 공부 잘한다니까? 독립적이라니까? 근데 엄만 이게 다 없잖아요.

엄마는 계속 전통적인 방식대로 무시당했을 거고요. 둔하고 눈치 없지만 사람은 좋을 거고요. 미덕이 있는데, 우리가 너무 민감하게 보면 미덕은 안 보이고 불리한 점만 보고, 그건 무조건 피해야 할 정보로만 보거든요. 그래서 내가 정말 잘하려고 바득바득 하고 절대 안 밀리려고 하고. 심지어 연애 관계에서조차. 이게 나를 혹시 무시하려는 건 아닌가? 한심하다고 생각한 거 아닐까? 라고 생각이 남는 건 그것 하고도 관련이 있을 수 있을 것 같아요. 나한테도 그만큼 엄청나게 중요한 키워드라는 거죠. '무시당하지 않는 것.'

그런데 이 감정, A양에게 되게 동력이 되기도 할 거예요. 열심히 끌어주는 동력. 근데 이것만 계속 쓰다면 어느 한쪽으로 기울어지게 되고 나머지 것들은 다 끊어져서 사람이 쏠리는 거예요. 내가 못할 것 같아, 무시당할 것 같아 이러면서. 아무도 신경 안 쓰는데, 지레 내가 확 뒤집어져가지고 이미 무시당해버린 거야. 내가 먼저 당해버린 거예요. 이렇게 해버리는 거죠. 그 연결고리를 유심히 알아차릴 필요가 있어요. 그건 정보예요. 좋은 것도 아니고 나쁜 것도 아니고. 정보는 중립적이죠. 어떻게 쓰느냐에 따라 달려 있는 거예요.

정리하면 첫 번째 불안. 불안한 순간이 오면, '오케이. 실험하자.'라고 생각하고 과제는 과제대로 하고, 불안은 불안대로 분리. 그러면서 내 안의 욕구를 보기. 뭐가 정말 싫은지, 최악의 상황과 내가 좋아하는 것을 계속 대비하면서 이게 정말 중요한 건지 생각해봐요.

두 번째 무시. 나는 무시를 안 당하려고 날 이렇게 갈아 넣고 있구나. 어느 누구의 인정이나 승인이 중요한 게 아녜요. 나는 내가 내 기준에 맞춰야 되는 사람이고, 그 핵심 코드는 무시예요. 내가 무시를 안 당하기 위해 그 난리를 치면서 살아왔구나. 차라리 무시당하고 말자. 비용이 너무 커. 그걸 잘 이해하면서 나에 대한 정보로 나침반을 잘 삼아서 가면 돼요. 다음엔 누가 나를 무시하려는 걸 알아차린다면, 그냥 한번 당해보세요. 그럼 오히려 '별거 아니네?'라는 생각이 들 거예요. 내가 예민하고 취약한 것일수록 자꾸 나를 노출하고 당해봐야 진짜 내게 중요한 건지 아닌지 알 수 있어요. 이 두 가지만 잘 새기시면, 우울과 불안? 이런 거 별 문제 아닐 거라고 생각해요. 오늘은 이 정도로 마무리할까요?

멀리서 바라보고, 가까이서 안아주고

상담 내내 선생님은 한시도 내담자에게서 눈을 떼지 않았다. 엄청난 에너지를 모아 상대에게만 보내고 있었다. 마치 드론과 현미경을 번갈아 대며 문제를 보고 있는 듯했다. 가까운 문제부터 파고들어가서 사건과 감정을 세밀하게 쪼갰다. 그걸 다시 크게 보면서 시간 순으로 어렸을 때부터 살펴보기도 하고 그 일이 일어난 맥락에서 보는가 하면, 다른 사람 입장에서 보기도 했다.

다만 그 모든 과정에서 선생님이 '이건 이거다.'라고 일러주고 가르쳐주는 것이 아니라 끊임없이 질문을 던지고 내담자의 마음을 헤아리면서, 스스로 알아차릴 수 있게 돕고 있었다. 상담 중에 내담자와 선생님 모두 전율이 오는 순간이 있었는데, 문제의 지점을 알아차리는 순간이었다. 이렇게 '문제'와 '환경'과 '나'를 낱낱이 분리해 분해해가는 작업은 녹록지 않은 과정이지만 분명 변화의 계기가 될 거라는 생각이 들었다.

사실 프로젝트 초반까지만 해도 정신의학과에 가서 진단을 받고 약물치료를 진행하는 게 더 신속하게 우울증을 호전시킬 수 있는 길이라고 생각했다. 그러나 프로젝트를 진행하면서 상담치료와 약물치료의 양상은 아예 다르다는 것을 알게 되었다.

개인적으로는 상담을 통해 자신을 이해하고, 계속해서 닥쳐올 문제들을 극복할 수 있는 자신만의 방법을 마련하는 것이 호전 속도는 느리더라도 좀 더 지속가능한 치료 방법이라고 느겼다. 물론 두 치료는 병행하거나 상황에 따라 적절한 것을 선택할 수 있다.

무엇보다 중요한 것은, 상담센터는 반드시 '심각하게 아플 때'만 찾는 곳이 아니라는 점이다. 내가 평소에 세상을 어떻게 인식하고 대처하는지 전문가의 눈을 빌려 함께 파악하고 더 나은 방안을 모색해 가는 작업은 비단 '마음이 아픈 상태'가 아니더라도 충분히 할 수 있는 일이다. 이런 작업이 편견 없이 자연스럽게 이루어질 수 있다면, 우리 삶에 우울증이 기웃거려도 좀 더 높은 면역력으로 대처할 수 있지 않을까.

영상에 다 담을 수 없는 상담 장면을 가능한 더 많이 담아 보여주기 위해 선생님과 내담자의 동의하에 상담 내용 그대로를 옮긴 것입니다. 단, 신분이 노출될 수 있는 정보나 맥락과 무관한 구체적인 이야기는 줄였습니다.

에필로그

'not', 이제 망설이지 말고 말하자

프로젝트를 진행하고 있던 어느 날, 해시온 사무실로 낯선 분이 찾아오셨다. 우리가 발행하고 있는 영상을 구독하고 계신 분이었다. 그는 우리가 우울증을 바라보는 방식에 대해 문제를 제기하셨다.

"본질적으로 너무 따뜻하고 인문적인 자세를 취하고 있는 것 같습니다."

취재 방식에 있어 적은 모수와 여타 한계에 대한 부분을 인정하고, 우리가 최대한 공정하게 그리고 다양한 의견을 담기 위해 노력하고 있음을 말씀드렸다.

열심히 스스로를 변호했지만 그분이 돌아가신 뒤 깊은 고민에 빠졌던 것이 사실이다. 실제로 정신의학 전문가들도 이 분야에 대해 연구를 하면 할수록 우울증에 대해 말하기 어려워한다. 눈에 보이지 않는 문제인 데다, 여전히 많은 것이 밝혀지지 않은 영역이기 때문이다. 초기에 많은 분들이 이 프로젝트에 부정적이었던 이유이기도 하다. 하여 부정확한 정보를 전달할까 봐 겁을 먹고 차마 글을 쓰지 못하는 시간도 꽤 길었다. 아마도 이 책이 나가고 나면 이 구독자분의 의견보다 더 날카로운 비판이 후폭풍으로 돌아올 수도 있을 거라 생각했다. 그렇다고 해도 우리는 프로젝트를 멈추지 않을 것이다. 시작할 때 발견했던 우울증 문제의 빈틈에 대해 취재를 마쳐야 한다고 생각했다. 부족하다고 여겨지는 구멍은 더 많이 찾고 읽고 물었다.

다시 말해 이 책은 '우울증'에 대한 전문 서적도 아니고, 정통 정신의학/심리학을 토대로 한 논문도 아니다. 그저 시대의 '울음소리' 같은 것들을 가만히 듣고만 있지는 못하는 사람들이, 그들의 목소리에 반응한 것뿐이다. 정답이 아니라 조금 더 많이 아는 사람들을 찾아가 대신 질문하고 들었다.

"나 정말 왜, 어쩌려고 이러는 거지?"

과거의 어느 날 했던 물음, 그런 적 없다 해도 앞으로 살아갈 많은 날들에 한 번쯤 던지게 될 물음. 어쩌면 우리는 '괜찮지 않아도 괜찮다고 말해야 하는' 날들을 위해 이 프로젝트를 완성했는지도 모른다.

사실 우울증이라는 소재 때문인지 인터뷰 과정에서 많은 시도와 실패를 겪었다. 때로는 몇 번씩 편집을 다시 하고도 결국 은 공개하지 못한 인터뷰도 있었고, 올리고도 삭제해야 하는 경우도 있었다. 그만큼 화자의 의도와 노출이 조심스러운 이야기였다. 기꺼이 도와주신 분들이 없었다면 결코 맺지 못했을 이야기들이다. 나는 수많은 고마운 분들을 통해 외상으로 이 이야기들을 얻은 셈이다.

특히, 우울의 늪에서 고통스러웠던 과거의 혹은 진행형인 이야기를 나눠주신 분들께 정말 감사한다. 이 프로젝트를 시작했을 때, 지인들에게 이야기를 꺼내면 '실은 나도….'라며 우울증을 겪은 이들이 툭툭 튀어나왔다. 초기 우울증을 겪는 사람들은 가까운 사람들이거나 소개받은 사람들이 많았다. 그분들의 어려운 이야기를 인터뷰에 담아야 한다는 게 잔인하게 느껴지기도 했다. 하지만 우울을 얘기하는 과정에서 나는 진심으로 어떤 류의 '대화'를 하고 있음을 깨달았다. 피상적인 이야기가 아니라 생각과 감정을 있는 그대로 털어놓는, 일상에서 좀처럼 마주하기 힘든 내밀한 대화였다. 그런 대화를 나눈 날이면 오히려 내 마음이 '치유'되는 것을 느꼈다.

특히 가족과의 이야기나 오랜 우울증 경험을 나눠주신 분들로부터, 우리는 정말 많은 것을 배웠다. 우리가 공기처럼 당연하게 느끼는 '보통의 정서'와 '욕구'가 얼마나 소중한 것인지. 그런 것을 잃어버리는 것이 얼마나 처참한 일인지, 그리고 그로부터 다시 일상으로 조금씩 회복해가는 가정이 얼마나 어렵고도 귀중한 것인지. 우울증을 겪고 있거나 그 옆에 있는 사람들은 정말 많은 노력을 통해 살아내고 있었고, 이는 우리가 외적 성장을 일궈나가는 만큼, 혹은 그 이상으로 값지고 의미 있었다. 인터뷰 전에는 긴 늪에 빠져 있을것 같았던 이들은 유리공예를 하는 장인처럼 스스로의 마음을 다루고 관계와 소통에 집중하고 있었다. 매번 착각은 여지없이 깨졌고 깨어나듯 배우는 시간이었다.

선뜻 도움주신 전문가 선생님들. 잇셀프컴퍼니 이혜진 상담선생님, 공생연 변지영 선생님, 신촌로뎀정신과 최의헌 원장님, 가산연세숲정신의학과 허규형 선생님…. 이분들의 도움이 아니었다면 중심을 잡지 못했을 것이다. 때로는 솔직하고 가감 없는 의견을 주시고, 한편으로는 애정과 응원을 보내주셨다. 그리고 생명의 전화 이광자 선생님. 생명의 문턱에서 한 사람 한 사람 안아주고 있는 선생님의 모습을 보며 우리 프로젝트가 조금이라도 더 사람을 향하고 누군가의 손을 잡아줄 수 있기를 소망했다. 더불어 K기업 인사팀 직원분, S생명 보험설계사님 등 좋은 취지라는 이유만으로 어려운 인터뷰를 기꺼이 함께해 주셨다.

그리고 이 책의 원래 글쓴이였던 김현경 작가님. 프로젝트를 같이 시작하고 기획했는데 끝까지 함께하지 못해 마음에 빚처럼 남았다. 그녀를 인터뷰했던 녹음파일을 듣다 보면 가끔 감정이 울컥 차오른다. 자신과의 외로운 싸움을 해나가는 고통이 고스란히 느껴졌다. 늘 '그럼에도 불구하고' 뚜벅뚜벅 살아가는 그녀에게 많은 영감을 얻었고 배웠다. 현경 작가님이 초대한 자원 님, 민지 님 모두 우울증에도 불구하고 여전히 삶을 잘 살아내고 있다. 세상에는 수많은 '그녀'들이 있고 사실 누구나 충분히 그럴 수 있으며, 그래도 괜찮다는 것을 배웠다. 그저 우리가 더 담담하게 이야기를 나누고, 서로의 말에 귀 기울여주면 된다는 것도.

함께 고생한 해시온 프로젝트 팀의 오대우 님과 김강령 님, 그리고 믿고 함께 해주신 쌤앤파커스 김상현 대표님, 조아라 대리님, 조히라 팀장님, 양봉호 팀장님. 그리고 사랑하는 가족들, 동료들, 친구들. 이 프로젝트를 통해 좋은 꿈을 이루고 싶은 나의 곁에는 언제나 나를 지지해주는 고마운 분들이 계시다는 것을 다시 한 번 깨달았다.

그럼에도 나 역시 다시 무너지는 순간이 올 거라는 것을 안다. 하지만 다시 무너진다면 좀 덜 쪽팔릴 것 같다. 이 사람들에게 좀 더 빨리 도와달라고 손을 뻗을 수 있을 것 같다.

"나 요즘 안 괜찮아."라고 망설이지 않고 말하며.

아임 낫 파인

괜찮다고 말하지만, 괜찮지 않은 너에게

2018년 11월 1일 초판 1쇄
지은이·이가희

펴낸이·김상현, 최세현
책임편집·조아라, 양수인, 김형필 | 디자인·김애숙

마케팅·김명래, 권금숙, 양봉호, 임지윤, 최의범, 조히라
경영지원·김현우, 강신우 | 해외기획·우정민
펴낸곳·팩토리나인 | 출판신고·2006년 9월 25일 제406-2006-000210호
주소·경기도 파주시 회동길 174 파주출판도시
전화·031-960-4800 | 팩스·031-960-4806 | 이메일·info@smpk.kr

ISBN 978-89-6570-708-0 (03810)

(CIP제어번호:CIP 2018031974)
• 팩토리나인은 ㈜쌤앤파커스의 에세이·실용 브랜드입니다.

팩토리나인(Factory9)은 독자 여러분의 책에 관한 아이디어와 원고 투고를 설레는 마음으로 기다리고 있습니다. 책으로 엮기를 원하는 아이디어가 있으신 분은 이메일 book@smpk.kr로 간단한 개요와 취지, 연락처 등을 보내주세요. 머뭇거리지 말고 문을 두드리세요. 길이 열립니다.